号外!
幕末かわら版

土橋章宏

時代小説文庫

角川春樹事務所

号外！
幕末かわら版

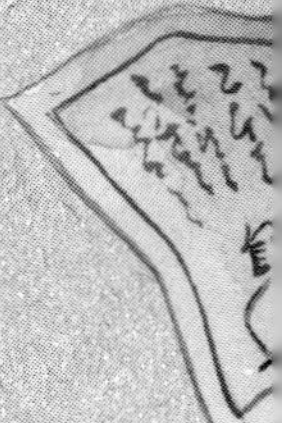

第一章 海の弁天さまと黒船

嘉永《かえい》六年（一八五三）、江戸――。

青白い月明かりの中、人気《ひとけ》のない本所《ほんじょ》の川べりを歩く若い男女がいた。ふたりはまるで道に迷ったような不安そうな面持《おもも》ちだったが、しっかりと手をつないでいる。

三月の声を聞いたが川を渡る風には、まだほんのりと冷たさが残っていた。

男女の後ろを、そっと二つの影がつけていた。

先に立ち、身をかがめてようすをうかがっているのは、かわら版屋の銀次《ぎんじ》だった。彫りが深く、不敵な面構えをしている。いなせに髷《まげ》を高く結い、身にまとっている紺の袷《あわせ》の着物には白い雲の文様があしらわれており、闇《やみ》の中で鈍く光っていた。

「銀次、ほんとに何か起こるの？」

後ろから小声で聞いたのは、挿絵《さしえ》を描《か》いてくれている絵師の歌川芳徳《うたがわよしとく》である。二十代半ばで、唇が妙に赤い。ひょろっとした体つきの男で、一見、女のようにも見えた。

「こいつはいいネタになるぜ」

前を行く男女から目を離さず、銀次は、にっと笑った。

ネタとは、話の〈種〉を逆さに読んだものである。変わった話を売るかわら版屋にとって何よりも見逃せないものだ。

前を行く男のほうは身なりがよく、品のいい顔だちである。年は三十に近いだろう。女のほうはまだ若い。色白で頬《ほお》が赤く、襟足のほつれ毛がかすかに揺れている。

「越前屋《えちぜんや》の若旦那《わかだんな》の浮気の相手が山口屋《やまぐちや》の看板娘、おきんちゃんだなんて、騒ぎにならないわけがない」

おきんは谷中《やなか》にある水茶屋〈山口屋〉で一番人気の娘だった。水茶屋では茶や菓子などを供しつつ、美しい素人娘に給仕させ、客を集めており、看板娘ともなると、その去就に注目が集まる。かつて銀次もかわら版の看板娘番付で取り上げたことがあった。

「でも、越前屋さんは子供もいるのに、駆け落ちなんて……」

「金があり余った男ってのは、分を越えたことをやりたがるもんさ。おきんちゃんは金になびいたのかどうか……。とにかくこんな夜更けに家を抜け出すなんて尋常じゃねえ」

「あっ、なんか口喧嘩《くちげんか》してるみたいだよ」

越前屋の若旦那、清五郎《せいごろう》とおきんは吾妻橋《あずまばし》のたもとで何やらもみあっていた。

「よし。もう少し近づこう」

「ばれないかな?」

「大丈夫だ。二人ともいきり立ってる」

銀次たちが足音を殺して忍び寄ると、二人の口論が聞こえた。

「約束しただろう?」

清五郎が真剣な面持ちで言った。

「だって怖いんだもの」

「これでやっと二人で幸せになれるんだ」

「けど、死んで本当に極楽があったらいいけど、なかったらどうなるの?」

おきんの声が心細げに震えている。

「おい芳徳、こりゃ駆け落ちどころじゃねえぞ。心中だ」

銀次がささやいた。

「ええっ!?」

橋の下には春雨で水量の増えた大川《おおかわ》が黒く渦を巻いている。

「どうやら二人とも本気だぜ。こいつは大ネタだ……」

いい年をして若い女を本気にさせるとはなかなかのものだ。おきんは金でなびいたわけではないらしい。

「どうしよう、銀次」

「黙って見てろ」

「でも……」

芳徳は、このまま見逃すのかと不満そうだった。

しかしかわら版のネタとしては、駆け落ちより心中が売れる。心中とかたき討ちは、かわら版の二大人気ネタであり、誰《だれ》もが争って買う。弱小かわら版屋の銀次にとっては喉《のど》から手が出るほど欲しいネタだった。

かたずを飲んで見守っていると、清五郎がおきんを抱きしめた。

「極楽はきっとある。今になってそんなこと言っちゃだめだ、おきん」

「だって怖いんだもの」

「私はね、もう家には帰りたくないんだ。ずっと見張られているようで……」

清五郎の顔が苦悩にゆがんだ。もう嫁に、露見しているのかもしれない。女の勘は、男のはるか先を行く。

しかし、おきんの潤んだ目を見て、清五郎の肩が落ちた。

「もう一度考えてみよう」

「他に二人で幸せになれる場所があるかもしれない」

「ごめんなさい。私、怖がりで……」

　二人は固く抱き合った。

「よかったね、銀次」

　芳徳はうっすらと目を潤ませていたが、銀次は、すたすたと二人のところへ歩き出した。

「残念ながら、幸せにはなれませんよ」

　銀次は鋭く言った。

　ひっという声を立て、月明かりの下でもわかるくらい、おきんの顔が青ざめた。

「あなた、誰ですか⁉」

「そのまま、身を投げろ。引き返しちゃだめだ」

　銀次はささやくように言った。

「なんですか、あなたは！　いいかげんなことを……」

　清五郎がおきんをさっと後ろにかばい、声を荒らげる。

「たまたま通りかかったら、あんたたちの話が耳に入っちまってね。どうしても黙っていられなくなっちまったんだ」

「通りかかったって……。こんな夜更けに、こんな人気《ひとけ》のないところへ？」

清五郎がけげんそうに聞いた。

「もしかすると神仏のお導きかもしれない。あんたがたは心中するつもりだった。なのに怖くなっちまって、やっぱり駆け落ちして江戸を売ろうってんだろ？」

「……。あなたには関係ないでしょう」

「ところが俺《おれ》は易をやるんでね。古今東西、陰陽道《おんみょうどう》に風水、人相手相すべてに通じている。見たところ、あんたらはどこかの大店《おおだな》の若旦那さんと水茶屋の娘さん、まずはそんなところじゃないか」

銀次は手で複雑な印を組みつつ、おごそかに言った。

ずばり言われて、おきんの目が泳いだ。清五郎も動揺している。

もともと銀次は二人の正体を知っているのだから、言い当てられるのは当たり前だ。

「俺はあんたたちを助けたいんだ。駆け落ちなんて絶対にうまく行かない！」

銀次は半眼になって手首を返し、手印の形を変えた。組み合わせた指の間から清五郎を見つめる。

「若旦那さん、あんたはきっといいとこのお坊ちゃんだろう。だけど逃げた先には知り合いもいない。やむなく力仕事をするようになるが、慣れない体で、苦しい日雇いの勤めに耐えられず、重い病にかかる。そのせいでそこの娘さんも思わぬ苦労をするんだ。ああ、俺には見える……。二人はぼろぼろになり、後悔する。『あのとき、死んでおけばよかった』と」

銀次の声はいつしか震え、涙声になっていた。

「黙って聞いてれば、好き勝手にぺらぺらと……。何がお坊ちゃんです！　私はそろばんだってできる。どこに行ってもちゃんと働けますよ！」

「わかってないなぁ。あんたの一番優れているところはそろばんじゃない。金持ちの家に生まれたってことなんだ。これまでは家の力が、いつもあんたを守ってくれた。命令だけしていればよかった。そろばんなど、気の利いた丁稚《でっち》でも使えるんだ。あんたは、その年で今からよそのお店に奉公ができるのかい？」

「うっ……」

清五郎が言葉に詰まった。

銀次は夜空に向かって大きく手を広げた。

「天の声が聞こえる。このまま逃げたんじゃ、あんたたちはきっと不幸になって地獄に落ちる」

「でも、二人で頑張ればきっと……」

　おきんがあらがうように言った。

「娘さん、あんたは目をつぶってるだろうが、女房は傷ついてるぜ。それだけじゃねえ。世の中には義理というものがある。夫に駆け落ちなんてされたら、女房にとったらとんだ面汚しだ。今もあんたたちを血眼《ちまなこ》で捜しているだろう。半端なことじゃすまない。大店の力を甘く見るなよ。ご公儀とも奉行所ともつながってる。関所だって越えられない。捕まるも地獄、逃げるも地獄……」

「嫌っ！」

　おきんが清五郎にひしとすがりついた。

「じゃあどうしたらいいんだ」

　清五郎が弱々しく聞いた。

「そこから飛び込めばいい。ほんの少し体を川のほうに預ければすぐ楽になれる。世の中は思い通りにならないつらいことばかりだ。誰もわかってくれない。二人はあの世で結ばれればいい」

　銀次は猫撫《ねこな》で声で言った。

「……おっしゃる通りかもしれないですね」

おきんの声が落ちついたものになった。

「やっと道理がわかったかい」

銀次の声に、おきんがうなずく。きっと将来に大きな不安を抱えていたに違いない。

「おきん。いいのか」

清五郎がおきんを見た。

「この人の言う通りです。不義理したんだから。逃げたってだめ。死んで罪を償って、あの世で幸せになるしか……」

銀次が鷹揚《おうよう》にうなずいた。

「死ねば負い目も苦しみもなくなる。誰にも怒られないし、腹も減らない。買い物にも厠《かわや》にも行かなくていい。水虫にもいぼ痔《じ》にもならない。あの世で二人、健やかに幸せに暮らす……。水の底にはきっと極楽がある」

「そうね。あなたに苦労なんてさせたくない」

おきんが言う。

「おきん、私もだよ」

清五郎がおきんを抱いた。

「はばかりながら、骨は俺が拾わせてもらいましょう。線香をあげて花も手向《たむ》けます。

きっと春には美しい花を咲かせるに違いありません。まるで二人の幸せを誇るように……」

話しながら、いつしか銀次の目に涙が浮かんでいた。

「どこのどなたか知りませんが、ありがとうございます。もしかしたらあなたは神さまかも」

おきんが深く頭を下げた。

「南無阿弥陀仏《なむあみだぶつ》。さあ、渡り鳥のように羽ばたきなさい。幸せはすぐ目の前……」

銀次がおごそかにささやくと、清五郎とおきんは川岸に並んで立った。

「行こう」

「はい」

しかし二人がまさに飛び込もうとしたとき、

「だめだよ、銀次！」

と、甲高い声が飛んだ。

柳の下から、もやしのような体つきの芳徳が懸命に走ってくる。

清五郎たちの動きが止まった。

「芳徳！　どういうつもりだ？」

「こんなこと、やっぱりだめだよ！」

芳徳はちょっと走っただけで、肩で息をしていた。ひどく虚弱な男である。

「なんなんですか、あなたたちは？」

清五郎が戸惑っているようすだった。おきんも目を白黒させている。

芳徳が前に出て深く頭を下げた。

「すみません。早くどっかに行ってください。この人はかわら版屋で、あなたたちが心中するよう仕向けたんです。心中ってよく売れるから……」

「馬鹿！　この人たちが飛び込んで、俺たちに大ネタが飛び込んで来るんだ。どっちも極楽じゃねえか」

言った途端、銀次の顔に清五郎の拳骨《げんこつ》が飛んできた。

「いてっ！　いててて……」

「銀次、大丈夫？」

「折れた……。確実に鼻が折れた！」

痛みがつーんと来て鼻から血が垂れてくる。

「お前、かわら版屋だったのか」

清五郎の顔が怒りで真っ赤になっていた。

「けっ。ばれちゃしょうがねえ。あとは好きにしなよ」

銀次は開き直った。

「人のことをなんだと思ってる！」

「決まってるだろ。飯の種だ」

「なに⁉」

「まあまあ。死ななくてよかったんじゃねえの」

銀次は笑って肩を叩《たた》いた。

「この野郎！」

また殴られそうになったが、芳徳が前に出て必死で謝った。

「許してください、もう関《かか》わりませんから……」

「……。行こう、おきん。気分が悪い」

清五郎がおきんの手を引いて足早に歩いて行った。

「おい！　行くとこなんてあんのか⁉　やっぱり心中したほうがいいんじゃないか？」

「黙れ！　お前が死ね！」

清五郎の言い返す声が聞こえた。

「なんで俺が死ななくちゃなんねえんだ。馬鹿か！」

銀次が怒鳴り返す。

「とんでもないごろつきがいるものですね」

おきんの声も遠ざかっていく。

「くそっ、もうちょっとだったのに……。なんで出てくるんだよ！」

「ごめんよ、銀次」

芳徳がすまなそうに言った。

「心中はかわら版で一番受けるネタなんだ。知ってるだろ」

「でも、ああいうのはやっぱりだめだと思う。ほんとに死んじゃうところだったよ」

芳徳が少し涙目になる。甘い男だ。

「じゃあ、あの旦那に裏切られた女房の気持ちはどうなる。長い間さんざん旦那の世話をして、その挙句が若い女に走られるってよ。ひどいじゃねえか。きっと傷ついてるぜ。死ぬよりつらいはずだ」

「そりゃそうだけど……」

「女房子供を捨てて駆け落ちなんてやっぱりろくなもんじゃねえ」

「そっか。銀次のおふくろさんも駆け落ちしたって……」

「昔のことさ」

銀次はそっけなく言った。

銀次が五歳のとき、母は侍くずれの男と恋仲になって駆け落ちした。まじめだった父は、それ以来働く気力を失い、すっかり酒浸りになった。あげくのはてに、侍に喧嘩を売り野良犬のように斬《き》り捨てられた。

まだ幼かった銀次は狭い長屋に、たった一人取り残された。

銀次の面倒を見てくれたのは隣家の老人、与作《よさく》だった。一人きりで暮らしていたが、幼い銀次を引き取り、飯だけは食わせてくれた。与作は大名の江戸屋敷の下男として働いており、少しの蓄えはあったらしい。

与作は昔、子供を疫病で亡くしたが、銀次はその子に少し似ているところがあったという。

しかし与作が勤めに出ている間、銀次は一人である。血のつながった身寄りもいない。そんな銀次のたった一つの楽しみは与作の持って帰ってくる安いかわら版だった。

心中や仇討《あだう》ち、河童《かっぱ》や大蜘蛛《おおぐも》まで、奇抜なものが多かったが、銀次は読むたびに胸を躍らせたものだ。

字を読むのも書くのも、そして人の生きざまも、かわら版が教えてくれた。それだけに若干ゆがんでしまったのかもしれないが——。

銀次は芳徳に言った。

「お前は甘すぎる。客はみんな誰かの悲劇を見たいんだ。かわいそうな誰かを見て、『自分はそんな目にあわずによかったなぁ』と思ったり、『私も命がけの恋をしてみたい』なんて想像して胸を弾ませるんだよ」

「おいらは人の不幸なんてあまり見たくないけどね」

「お前みたいなやつは珍しいんだ」

銀次はひそかにため息をついた。でもその優しさが芳徳のいいところでもある。この幼なじみと出会っていなかったら、銀次はもっと悪い道に入っていたかもしれない。

「帰って飲もうよ。師匠《ししょう》のところから、いい酒をもらってきたんだ」

芳徳が楽しそうに言った。

「おお、そうか！　国芳《くによし》先生の絵は売れるからなぁ」

銀次は急に元気を取り戻して立ち上がった。そのまま深川《ふかがわ》にある一人住まいの狭い長屋に向かって歩き出す。

絵の修業のため、田舎から江戸に出て来た芳徳の師匠は歌川国芳である。国芳は歌川広重《ひろしげ》とともに当代を代表する浮世絵師であり、奇抜な絵柄と奇想天外な発想で一世を風靡《ふうび》し、姫に操られる巨大な骸骨《がいこつ》の絵は発表から数年経《た》つが、いまだに語り草となっている。

歌川派には活躍している弟子も多いが、芳徳はちっとも売れていなかった。国芳曰《いわ》く、「お前の絵はまじめすぎて面白くない」とのことである。

仕方なく、芳徳は師匠の家の物置に居候しながら、銀次のかわら版の挿絵を描いたり、それを売るのを手伝ったりして手間賃を稼いでいる。

「おいらの絵も師匠のように売れてくれるといいんだけど」

夜道を歩きながら芳徳がぽつりと言った。

「けちなこというな。どうせなら師匠を超えて、江戸一番の絵描きになれ」

「無理だよ、そんなの」

「できると思わなきゃ何もできないだろ。俺も江戸一番のかわら版屋になるからよ」

もっとも、銀次の営んでいる〈極楽屋《ごくらくや》〉は弱小のかわら版屋である。出版に関わっている人数も少ない。彫りや摺《す》りは外へ頼み、かわら版屋を専業にしているのは記事を書く銀次だけだ。

「自信を持てよ。お前の挿絵は評判がいいんだから」

銀次が言うと、芳徳が少し照れたような顔をした。

「それより銀次、明日のネタはどうするの？」

「心中を書き損ねたからな。こうなったら河童だ。『お茶《ちゃ》の水《みず》に大河童あらわる』でどうだ」

「また河童？」

芳徳が眉《まゆ》をひそめた。銀次は少し前にも、芝《しば》の大池に現れたという双子の河童を取り上げたばかりである。

「お前のせいだろ。あの二人を助けちまってよ。こうなったら河童しかない。『河童の仇討ち！』とか『河童、危篤！』とかさ」

「困ったときの河童だのみはやめようよ……」

「まあ、ただの河童じゃだめだろうな。身の丈二十尺（約六メートル）、見るも恐ろしい大河童なんてのはどうだ？　牛の尻子玉《しりこだま》なんか指先でひきずり出しちまうくらいの」

「河童ってそんなに大きくなるものなの？」

「きゅうりを食べてるだけじゃだめだろうな。大根を食ってることにしよう。親に捨てられて、わけもわからず大根を食べたかわいそうな捨て河童だ」

「食べるかなぁ」

「腹が減ったらなんだって食うさ」

そんなことを話しているうちに銀次の長屋へたどり着いた。屋根はどことなくゆがんで見え、壁の漆喰《しっくい》も落ちかけている。死んだ与作から受け継いだ住処《すみか》であるが、さすがに古くなった。

中に入り、ゆらめく暗い灯明のもと、湯を沸かして二人で飲みつつ、明日の朝に出すかわら版の計画を練った。

「やっぱり河童はやめようよ。それよりあれで行かない？　ほら、多摩川《たまがわ》に来た海の弁天《べんてん》さま」

芳徳が部屋の隅から絵を取ってきた。墨絵の中では、かわうそのような生き物が川に浮き、黒目がちの瞳《ひとみ》でこちらを見ている。

「ああ、これか……。いまいち押しが足りないんだよなぁ」

「かわいくていいじゃない。実際、謎《なぞ》の生き物なんだし」

〈海の弁天さま〉が現れたという噂話《うわさばなし》を聞いたのは八日前のことである。芳徳と二人ではるばる多摩川まで出かけ、張り込んで三日目、日の出とともにようやくその生き物は現れた。たしかに、かわうそでも河童でもない。変な生き物であり、ただのんびりと浮かんでいるだけだった。

「うーん。どうやって客をひくかなぁ。人の顔をしたかわうそだったとか……」

川になにか変な生き物がいたというだけでは客も驚かない。異様な佇《たたず》まいや特別な出自があってこそ初めて客の注目を集めることになる。

「弁天さまだとしたらいったい何をしに来たんだろうね」

「そうだなぁ。旅してるうちに迷子になったとか……。あっ、ひらめいた！」

銀次がずるそうに笑った。

「なになに、教えてよ」

「まあ、できてからのお楽しみだ。庶民にとっちゃ大災難だ。さあ、歌川先生の酒を出してくれよ。飲まなきゃ筆が進まねえ。俺は一を聞いて十を知り、百を創る男だ！」

銀次が袖《そで》をまくった。ネタに味つけするのも、かわら版屋の腕の見せどころである。

「調子出てきたね、銀次」

芳徳は立ち上がると、酒徳利《さかどくり》を持ってきて、茶碗《ちゃわん》に酒をそそいだ。器は澄んだ液体で満たされて匂《にお》い立ち、端に細かな泡が立つ。

「清酒か。いいな」

銀次は、ぐいと茶碗をあおると勢いよく筆を走らせた。

芳徳は酒が飲めないので、記事を書く銀次を楽しそうに見つめているだけである。

翌日、二人はいつもの深川の辻《つじ》に立った。永代橋《えいたいばし》のすぐ近くで、目の前には朝の勤めに出る人々が大勢行き交っている。このあたりは江戸湊《えどみなと》の外港で、多くの廻船《かいせん》が帆を立てて走っている。橋の上からは富士山《ふじさん》や箱根《はこね》の峻険《しゅんけん》まで遠くに見え、まことに眺めがいい。

「さあさあ、出たよ出た、多摩川に現れたのは、海の弁天さまだよ！」

深い編《あ》み笠《がさ》をかぶった銀次がよく通る大きな声で囃《はや》し立てた。笠で顔を隠しているのは役人の目を逃れるためである。かわら版は流言流布の防止の観点から幕府により御法度とされているので、役人に見つかったら捕まってしまう。芳徳は見張り役で、しっかりとあたりに目を配っていた。

〈海の弁天さま〉という耳慣れない言葉を聞いて、何人かが銀次の手前で足を止めた。

その中の一人の目をじっと見つめて、銀次は続けた。

「海の弁天さまがお越しになるのは大災難の前触れだ。神さまが逃げろと教えに来たんだ。地震か火事か雷か。どこに何が起こるのか、江戸一番の占い師にお伺いを立ててきたよ。占いの結果ははっきりと出た。さあ、買った買った、読んで極楽、見て極楽！　ご利益たっぷりのかわら版だよ」

「おい、海の弁天さまってなんだよ？　七福神《しちふくじん》のあれか」

通りがかりの左官屋が聞いた。

「七福神どころじゃねえ。この海の弁天さまは、災難のときに現れて、きっちり庶民を助けてくれるんだ。霊験あらたかだぜ」

「へっ。どうせまた法螺《ほら》だろ」

「嘘《うそ》じゃねえ。これを見たのは俺だけじゃない。多摩川の岸に見物の行列ができてたんだ。正真正銘、こんな姿だったよ」

銀次はちらちらと〈海の弁天さま〉の挿絵を見せた。丸い顔に大きな目玉が二つ。長いひげがあり、川にぷかりと浮いて、にこにこと笑っている。

銀次と芳徳が多摩川で見た通りの姿だ。

「手をどけてくれ。よく見えないよ」

「へへ、こっちも商売だ。見たかったら買ってくんな」

「ちぇっ」

「いつ来るかなぁ、恐ろしい大災難は。すぐに逃げる準備をしなきゃな」

銀次が脅すように言うと、左官屋はついに叫んだ。

「わかった！　一枚くれ」

「毎度あり！　お代は三文だよ」

銀次がにっこりと代金を受け取り、真新しい墨の匂いのするかわら版を渡す。

左官屋はひったくるようにして読んだ。

「なんだこの顔は。たぬきか？」

「たぬきが泳げるもんか。かちかち山で泥船に乗って溺《おぼ》れ死んだだろ」

「じゃあ大災難っていうのは？」

記事を読んだ左官屋の顔が見る間に青ざめた。

「こいつは大変だ……。仕事なんか行ってる場合じゃねえ」

左官屋はかわら版を握りしめ、一目散に引き返して行った。

それを見ていた人々がざわめく。

「いったいどうしたんだよ」

「どんな災難なんだ？」

「知りたかったら、かわら版を買ってくれ。早い者勝ちだよ！」

銀次がかわら版の束を振りかざした。わずか二十枚ほどである。

「よし、ひとつくれ！」

「俺にも！」

「はいよ！　ありがとよっ！」

銀次が客から三文ずつ受け取って、腰につけた革の巾着《きんちゃく》に入れると、銭の触れ合う
気持ちのいい音がした。
一人が買うと、やがて一人、また一人とかわら版は売れていく。
買いに来る客は、奉公人や、職人、寝ぼけまなこの暇人、用心棒の浪人などさまざ
まである。知りたい欲を刺激するか、恐怖で脅すか、恋話で泣かせるか。あの手この
手を駆使して銀次はかわら版を売っていく。もっとも客の中には、銀次のかわら版を
頭から信じているわけではなく、むしろそのいいかげんな口上を楽しみにしている者
もいた。
今日のかわら版に書かれた災難というのは、海を漂流する伝説の大亀《おおがめ》が現れて火を
噴き、江戸を焼き払うというものだった。燃えるのは八丁堀《はっちょうぼり》あたり。海の弁天さまが
慌てて報《しら》せに来たという筋書きである。火事と喧嘩は江戸の華というが、実際、自分
の家が燃えてはたまらない。
「弁天さまだけじゃないよ。明日の天気から今日の吉凶、陰陽道に風水、看板娘の見
立て番付もある」
銀次が声を上げた。
かわら版には事件のほかに、どこの店が特売をしているか、どこの湯屋が休みかな

ど、日常の話題や誰かが亡くなったという知らせなども書かれている。情報は多岐にわたり、それを街頭で読み上げながら売り歩くから〈読売《よみうり》〉と呼ばれることもあった。

江戸の人々は噂話に敏感である。庶民の間で寺小屋も広く普及しており、字の読める者も多いから、かわら版は重要な情報源であり、心待ちにしている人も多かった。

手に持ったかわら版がすべて売れると、銀次は芳徳と二人で路地に入り、荷物の中から、新しいかわら版を二十枚取り出した。

「こうやってちまちま売るの、面倒じゃない？」

芳徳が言う。

「もうすぐなくなると思ったら、惜しくなっちまうもんさ」

銀次は笑った。規模の小さいかわら版屋なので、さまざまな工夫を施さないとのし上がっていけない。

ふたたび深川の辻に戻り、売れ行きが百枚を超えたところで芳徳が叫んだ。

「銀次、来たよっ」

「よし逃げろ！」

銀次たちはかわら版を小脇《こわき》に抱えて全力で走った。

「こらっ」

「待て！」

十手を帯に差した岡っ引きが二人を追って走ってくる。かわら版を取り締まる荒くれ男たちだった。

だが銀次たちは深川の裏道を知り抜いていた。何度も角を曲がり、小名木川《おなぎがわ》の橋を縫ってぬかるんだ道を走り、貧乏長屋の連なりに素早く消える。

「くそっ、しょうがねえやつらだ。何が弁天さまだ！」

岡っ引きが悔し紛れに言って、近くにあった天水桶《てんすいおけ》を蹴飛《けと》ばした。

半刻《はんとき》（約一時間）後、二人は大川沿いを北へ歩いていた。浅草寺《せんそうじ》が見えてくる。

「よし。今日は人が多いな」

「まずいよ、銀次、あれを見て！」

大通りでは、すでに別のかわら版屋が売り始めていた。

「ちくしょう大和屋《やまとや》だ。行くぞ」

銀次は走り出した。

見知った顔の、大和屋の太次郎《たじろう》が声を上げて客を集めている。

「おい、何やってやがる！」

銀次が怒鳴った。

「へっ。ちょっと遅かったな、銀次」

太次郎がにやっと笑った。

「ここは俺たちの縄張りだ」

銀次が唾《つば》を飛ばした。

「人聞きの悪いこと言うな。かわら版屋に縄張りなんざねえ」

「昔っから、てめえんとこはいつも神田《かんだ》と増上寺《ぞうじょうじ》のあたりじゃねえか」

「部数を増やしたんだよ」

太次郎が余裕たっぷりに言った。

「はあ？」

「こうやって新しい場所で客も増やさないと、さばききれねえからな」

「くそっ。金にものを言わせやがって」

銀次は歯嚙《はが》みした。かわら版の内容なら負けないと思っているが、大手の大和屋とは資金が比べ物にならない。売り子も多いのだろう。同時にいろんな場所で売られたら、太刀打ちできない。

「摺りも自分でできねえかわら版屋は引っ込んでな」

太次郎が嘲笑《あざわら》った。

大和屋は香林堂《こうりんどう》という大書店が母体となっている。書店だけに、自前の彫り師や摺り師を抱えており、記事さえ書けば、仕上がるのは早い。江戸でも屈指のかわら版屋だった。

書店がかわら版もやるのは、職人たちを遊ばせておかないためだ。当代の人気作家の原稿が遅れれば、彫り師たちはやることがない。そんな時間を使って、かわら版を作る。制作に金がかからないぶん、大和屋はネタ集めに金を使えるし、書物や錦絵《にしきえ》、草子《そうし》で余った上質な紙も使える。

銀次のように、資金の乏しいかわら版屋はどうしても分が悪い。

「なんだと。馬鹿にすんなこの野郎！」

「てめえはそこらの池で河童でも探してろ」

太次郎が鼻で笑った。

「うるせえ。今に見てろ」

銀次は辻の反対側に立って、対抗するように、かわら版を売り始めた。

しかし反応は芳しくない。

常連客の一人が銀次に声をかけてきた。

「おい極楽屋。てめえ法螺吹きやがったな。双子の河童なんていいやがって」

「法螺だと？」

「大和屋のかわら版に書いてあったぞ」

常連客が大和屋のかわら版を銀次につきつけた。

そこには『噂の池を大ざらい！　河童はいない』とかかれていた。

記事によると、芝にある大きな池をさらったところ、河童などおらず、鯉《こい》や鮒《ふな》、鰻《うなぎ》が捕まったのみであったそうである。まことしやかに河童の話を載せるかわら版屋は三流の商売人だ、とまで書かれてあった。

「こんなの河童が逃げただけだ。池をさらい始めたらすぐに気づくだろ！」

しかし常連客は冷たい目で銀次を見るのみだった。

「あと、大和屋のかわら版にはよ、翁庵《おきなあん》の割引券までついてやがる。こりゃ買っちまうって」

「なに？」

常連が見せた大和屋のかわら版の端を見て銀次は驚いた。そこには「このかわら版を持って行けば、翁庵の蕎麦《そば》が二文を割引く」と書いてある。十六文の蕎麦なら、十四文になるという計算だ。

「かわら版を三文で買って二文かえってくるなら、安いじゃねえか」

常連はホクホク顔で言った。

「きたねえ……」

銀次はうめいた。しかし考えてみれば理にかなってもいる。かわら版を見て多くの客が蕎麦を食いに来てくれれば、多少割引しても翁庵は儲《もう》かるのだろう。大和屋はかわら版が売れるし、一石二鳥だ。

こうなったら自分もやろうかと考えたとき、芳徳が叫んだ。

「銀次、その挿絵!」

芳徳の指が震えている。

「絵がどうしたんだ?」

「作者の名前を見てよ」

挿絵についている雅号を指さした。

「お、おい、こりゃまさか」

銀次の声も震えた。

「そうだよ。これ、国芳師匠の絵だよ」

芳徳が蒼白《そうはく》な顔で言った。

見れば見るほど壮大な挿絵である。絵心があれば一目で国芳の絵と知れるだろう。かわら版に歌川国芳の絵がついているとなれば、内容など関係なく欲しがる客もいる。大和屋の母体である香林堂は、歌川国芳の浮世絵も扱っているから、その筋で頼んだのかもしれない。

「徹底的にやってきやがるな」

大和屋はあきらかに、銀次の縄張りを潰《つぶ》しにかかっていた。

「無理だよ。師匠に勝てるわけない……」

芳徳は頭を抱えた。

「馬鹿！　かんたんにあきらめるな。かわら版は絵だけで勝負してる訳じゃねえ。ネタと絵のからみあった面白さが勝負なんだ。こうなったら、うまい絵じゃなくていい。これからお前は面白い絵を描け！」

「ええっ⁉」

「俺は特上のネタを探す。誰もが読みたくなるネタを独占できれば、大和屋なんかにゃ負けねえ。明日はもっといいネタで勝負する……。行くぞ」

「うん。おいらも死ぬ気で描くよ」

芳徳も気を取り直したようだった。

銀次たちはネタを集めに日本橋《にほんばし》へと向かった。

日本橋は五街道の起点であり多くの飛脚問屋がある。

銀次たちはそのうちの一軒、三州屋《さんしゅうや》に入っていった。店には、ふんどし一丁になった屈強な男たちが忙しく出入りしている。

「ごめんよ」

騒がしい店内に銀次の声が響く。

「おお、銀次。来やがったか」

多くの働き手を束ねる権太郎《ごんたろう》が片手を上げた。

「なんかすごいネタないか。みんながびっくりしてひっくり返るようなさ」

銀次は勢い込んで聞いた。なんとしてもあの大和屋をへこませて、浅草《あさくさ》から蹴り出さねばならない。

「ある。こいつはほんとにいいネタだぜ」

権太郎がなにやら得意げな顔をした。

「ほんとか？」

銀次の期待が膨らんだ。

飛脚屋の本来の仕事は手紙を運ぶことだが、その他にも重要な務めがある。

たとえば幕府や大名、役人の書状を運ぶ〈継飛脚〉は、公儀から命じられて、大地震や洪水、火災などの情報を集めてくる。事件の情報を手書きや木版で印刷し、素早く江戸に知らせる役目を担っていた。

また、民間の飛脚である〈町飛脚〉も、火事や地震を見聞きしたら役所に連絡する義務を負っていたため、やはり各地の情報には詳しかった。

そのため、かわら版屋が情報を得たいときは、まず飛脚たちに当たることが多い。飛脚側も、いい情報を渡せば謝礼をもらえるため、面白そうな情報や噂話を積極的に集めてくれる。

三州屋の権太郎は銀次の好みそうな怪談や奇談をよく集めてくれていた。

「なあ、いいネタってなんだ？」

「このネタは高いぞ」

権太郎がじらすように言う。

「けちけちするなよ。早く教えてくれ」

「そうがっつくなって。ネタってのは浦賀《うらが》に来た黒船だ」

「黒船？　なんだそりゃ」

銀次は首をかしげた。

「見た目が真っ黒で気味悪くてな。あんな大きな船、見たことないぜ。異国の船だってよ。もくもくと黒い煙を吐いて、すごい速さで進みやがる」

「面白そうだな。なんで日本に来たんだ？」

「噂じゃ『日本の帝《みかど》を呼べ、さもなきゃ大砲ぶっ放す』と言ったそうだ。湾内を自由気ままに走り回ってよ。浦賀奉行所は蜂《はち》の巣をつついたような大騒ぎになってる」

「大砲だって？」

何やら尻がこそばゆくなってきた。大坂《おおさか》の陣から二百四十年近く、ずっと泰平の世を謳歌《おうか》してきた日本だが、ついに戦が起こるのか。しかも敵は国内でなく、外国の得体の知れない黒い船だ。

「そいつはまだ浦賀にいやがるのか？」

「わからねえ。一昨日《おととい》まではいたけどな」

「ありがとよ！」

銀次は勢い込んで店を飛び出そうとしたが、権太郎にむんずと捕まった。

「おい、ネタ料はどうした」

「あっ、そうか。いくらだ？」

「千文は欲しいな」

かなり高い。しかし、間違いなくいいネタだった。

「わかった。でも他のやつには黙っててくれよな」

「心得てる」

権太郎が微笑《ほほえ》んで、口に太い人差し指をあてた。

銀次たちは金を渡すと、一目散に走り出した。

「銀次、浦賀に行くの？」

芳徳が興奮した面持ちで言った。絵師の本能に火がついたのか、目も輝いている。

「その前に寄るところがある。象山《しょうざん》先生のところだ」

「なんで？」

「あの先生は軍船《いくさぶね》に詳しい。まずはうんちくを仕入れていかないとな」

ただ黒船の姿を見るだけでは不十分である。黒船がどんな能力を持ち、何をしようとしているのか。かわら版屋は、事前に話のあらすじを考えておくのが肝要だ。このネタはでかい。弱小の極楽屋が大和屋をぶちのめす絶好の機会だった。

「先生のところは最近、侍がたむろしてて行きにくくない？」

芳徳が不安そうに言う。

「侍が何だ。威張るばっかりでろくに働きもしない役立たずさ」

銀次たちは木挽町《こびきちょう》の〈五月塾《さつきじゆく》〉へと急いだ。江戸一番の物知りと評判が高い、佐久《さく》間《ま》象山が開いている塾である。

象山は一介の松代《まつしろ》藩士でありながら、詩文、経書《けいしょ》、和算、水練、朱子学、海防、兵学、砲術、蘭学《らんがく》を修め、藩主の世子の教育係まで務めた秀才であり、幕府から非公式に意見を求められることも多い。

ただし変わり者で、歯に衣《きぬ》着せぬ傲慢《ごうまん》な物言いをすることから、各所で礼を失することが多く、あまり出世もできず今の地位に甘んじている。

もっとも象山としてはそのほうが物事を探究する時間が多く取れてよいとのことだった。

「先生いるかい？」

銀次は塾の下男をしている友次郎《ともじろう》に声をかけた。老爺《ろうや》の友次郎は銀次を育ててくれた与作じいさんの遠縁に当たり、昔から顔見知りだった。その縁で、銀次は象山とも親しくしている。

「来客中だよ。入門者が来てね。またお侍さんらしい」

「そりゃやすげえ。人気がうなぎのぼりだな」

「外国船がいろんなところに来るようになってきて、客が滅法増えたよ。なんせ象山先生は諸外国や海防のことに詳しいし、知ってることは隠さずなんでも教えなさるから」

友次郎が誇らしげに言った。

「せめて高値で売ればいいのにな」

「そうしないのが先生のいいところさな」

友次郎が言った。

古来、子弟制度は、熟練の技術を伝えることで成り立っている。それを教えてもらうために、師匠の身の回りの世話をし、礼儀を覚え、長年尽くしてようやく、目録や秘伝を授けられることになる。

しかしよく考えてみれば、それはけちな話でもある。

年を取ってようやく秘伝を授けられても、もはや技の使いどきを逸しているかもしれない。若いときが一番、体力も気力も充実している。教えを乞《こ》う者は、けちな師匠についたら損をすることになる。

「教えないで、もったいぶって偉そうにしてるほうが気持ちいいんだろうな」

銀次は言った。

「そうだ。ところが象山先生ときたら、まるで惜しまない。だから知識を求める者が自然と多く集まり、新しい知識を土産《みやげ》として持ってくるから、先生もますます賢くなる。もっとも、そのせいで学問界のお偉方には嫌われていなさるが」

友次郎が苦笑した。

「嫉妬《しっと》だな、そりゃ。先生もお偉方を嫌い返してるだろ」

銀次が笑ったとき、

「おい、そこの町人。こんなところで何をしている」

と、声がした。

振り向くと、中から押しの強そうな顔をした侍が出てきていた。

「あんた誰だよ」

「私は勝麟太郎《かつりんたろう》というものだ」

眼力が強くて、思わず気圧《けお》されそうになる。

銀次はただならぬ気迫を持つ麟太郎に負けないようにと胸をそらせた。

「あんたが象山先生の客かい」

「お主、先生の知り合いか」

「長いつきあいさ」

勝はふうと息を吐いた。

「先生は立派だ。お前のような軽薄な町人にも物事を教え、育《はぐく》んでいる。これぞ教育というものよ」

「軽薄な町人だと？　聞き捨てならねえな」

銀次は鱗太郎をにらんだ。

「軽薄だから軽薄だと言うておる。嫉妬だとか嫌い返すとか、先生はそんなことを気にするほど尻の穴が小さい人間ではないぞ」

「尻の穴……？」

横でかしこまって聞いていた芳徳が目を丸くしてつぶやいた。

勝というこの男、どうも侍らしくない。

銀次は少し面白くなってきた。侍にも変なやつがいるらしい。

「佐久間先生は、いつもこうおっしゃっている。人に一番大事なのは教育なのだとな」

「きょういく？」

初めて聞く言葉だった。

「貧しい者にこそ教育をほどこさねばならん。佐久間先生はそれを体現しておられる。

ベーコン殿も『知識は力なり』と言うておられる」

「ベーコンって誰だよ？　大根と関係あるのか？」

「やはり浅はかだな」

鱗太郎が顔をしかめた。

「そういじめるな、鱗太郎」

居室から佐久間象山が笑いながら出てきた。

「そこにいる銀次と芳徳は、ニューズペイパーのライターだ」

象山が言った。

「えっ？　この阿呆《あほ》そうなやつらが？」

鱗太郎が意外そうに銀次たちを見た。

「誰が阿呆だ！」

怒りつつも、象山の顔を見たとたん、肝心な用件を思い出した。

「先生。聞きたいことがあるんです」

鱗太郎を押しのけて銀次が言った。

「さては新しいネタでも拾ったな。よし、入れ」

象山が言ったとき、鱗太郎が口を挟んだ。

「先生。この者たちは本当に記者なのですか？」

「そうだ。がっついてはおるが、そこらの学者よりよほど物事を知っておるぞ。まずは何でもその目で見てやろうとする実践の徒だ。机上《きじょう》の学問とは違う」

「ほう……」

麟太郎が意外そうに銀次を見た。

「見損なうな。俺たちは市井の学者だ。よく覚えておくといい。目を閉じてもまぶたの裏に浮かぶようにな」

銀次が威張った。

「……。とてもそうは見えん。では失礼します、先生」

麟太郎は象山に一礼すると出て行った。

「よし。邪魔者はいなくなったぜ」

銀次と芳徳はさっそく象山の居室に入れてもらう。

壁面はすべて書棚であり、机の上も書物で埋もれていた。みみずの這《は》ったような字が書かれているが、どうやら異国語らしい。

銀次は、ふっくらした上質の座布団に座り、まずさきほど聞いた言葉の意味を尋ねた。

「象山先生。にうずぺえぱの雷太《らいた》ってのはなんです？」

「ニューズペイパーとはな、西洋のかわら版のことだ。ライターは書き手。つまりお前のようにかわら版に記事を書く者だ」

「えっ、西洋にもかわら版ってあるんですか？」

銀次は、慌てて紙と矢立《やたて》を出し、『にうずぺえぱ　雷太』と、書き留めた。

「かわら版よりももう少し枚数はあるがな。それにお前のかわら版のような妖怪《ようかい》珍獣や痴話げんかの話ばかりというわけではない」

「ふうん。じゃあ西洋の雷太ってやつは何を書いてるんですか」

「主に政《まつりごと》の情報だ」

「なるほど、祭りか。楽しそうだ。地方によって盆踊りにもいろいろあるみたいですからね」

銀次が楽し気に言うと、象山が鼻を鳴らした。

「馬鹿者。その祭りではない。ライターは国をつかさどる政権の行いについて書く。火事や災害、事件の話などもあるが、ニューズペイパーにとって一番重要なのは政だ。それが民にとっていいのか悪いのか、民に害をなしていないか、みなの取り決めをどうするかなどが、読者の関心を集めている」

「ばかばかしい。政なんて上さまや老中が勝手に決めることでしょう。そんなことに庶民が興味を持つんですか？」

「西洋の国には主権在民といって、民が一番偉いという考え方がある。民に選ばれた優秀な者が政を行い、それを民が承認する。だから政治家、日本で言えば老中や若年寄たちが何をしているかが一番の関心事なのだ」

「民が老中を選ぶって……。嘘でしょ。そんなことあるんですか」

銀次は目をぱちくりさせた。民はしゃにむに働いて公儀に無理やり年貢を取られ、悪いことをしたら役人に罰せられるだけだ。公儀が民の言うことなど聞くはずもない。賄賂《わいろ》を渡したら多少便宜《べんぎ》を図ってくれるくらいである。

「国のあり方の違いだ。日本では帝が将軍に政を任せておられる。だが主権在民の国では民が政府に政を委託している。もっとも合理的な制度だ。その国で一番偉いのは民なのだ」

「信じられねえ。上さまがいないってことか……」

「そうだ。政府が、政をきちんと行っているかどうかを監視するのがニューズペイパーの務めだ。だからニューズペイパーは民の武器ともいえる」

「かわら版がどうして武器になるんですか？」

芳徳がたずねた。

「丸めて叩くのか？」

銀次も首をかしげる。

「違う。ニューズペイパーは世論を作るのだ。世論とは民衆の通念……、つまりみなが思っていることだ。民主主義では民の信頼を失うと政を行えぬ。だからニューズペイパーは力を持つ。お前もニューズペイパーのライターのように、民の武器となる記事をかわら版に書いてみろ」

「待ってくださいよ。かわら版で政を攻めることができたとしても、最後は捕まって牢屋《ろうや》にぶち込まれるだけでしょう」

「そんなことはないぞ、銀次。六十年ほど前、フランスでは王の政に不満を持った民が暴動を起こし、王の首をはねてしまった。これをレボリューションという」

「ええっ。ようするに百姓一揆《いっき》が起こって上さまを倒しちまったってことですか？」

「飲み込みが早いな。かの国には、民が一致団結して王を倒した歴史がある。日本では想像もつかないだろうが……」

「日本は無理ですよ。旗本八万騎だっているし」

芳徳が言う。

「戦の勝敗は武器によって決まる。最新式の銃があれば、政府などたやすく崩れる。ま、民に滅ぼされるよりも先に、外国の大砲に敗れるかもしれんが」

「そうなんですか」

幕府は無敵で揺るがぬものと勝手に決めつけていたが、そうでもないらしい。象山の知識に舌を巻いた。

「ふ、ふふ……」

象山が余裕の笑みを見せる。

銀次は少し悔しくなって言った。

「ところで先生、海に浮かぶ神さまを見たことがありますか」

「海に浮かぶ神？」

「海の弁天さまという神さまです」

「弁天さま？　あの七福神のか」

「それとは違います。さすがの先生もご存じないでしょうね」

「ほほう」

象山は負けず嫌いである。何を聞いても『知らない』とは言わない。ばく大な蔵書を調べ、必ず何かしらの学術的な回答をしてくる。

「神が実在するとは驚いたな」

象山が興味深そうに身を乗り出した。

ちょっといい気持ちになって、銀次は最新のかわら版を取り出した。

「これが海の弁天さまです。めでたい気持ちになるでしょう。拝んでもいいんですよ？　さすがの先生もこれは知らないはずです」

「……なんと！」

象山がかわら版をひったくって、じっくりと見た。

「かわいいでしょう。目なんか、くりっとして……。仙人のような鬚《ひげ》もあります。見たことないでしょう」

銀次は勝ち誇って言った。

「これは……。知っておるぞ」

「えっ⁉　ほんとに？」

「この生き物は海豹《あざらし》だ」

「あざらし？」

「北の海にすむ獣でな。かわうそと同じく、水中で魚を捕って食う」

「こいつがかわうそですって？　よく見てください。ほら、こっちを見てありがたい顔で微笑んでますよ」

「これと同じような絵をオランダの科学書で見たことがある。たしか蝦夷《えぞ》にもたくさんいたはずだ。海で迷って江戸の川に流れ着いたのだろう」

「なんだ……。ただの獣か」

象山のお墨付きがあれば、さらに話を広げ、かわら版に続報を載せようとも考えていたのだが、当てが外れた。

「それで聞きたいことというのはなんだ、銀次」

象山が言った。

「あっ、そうだった。黒船ですよ、先生！」

「黒船だと？」

象山の目が鋭くなった。

「ええ、ちょっと前に、浦賀に大きな黒い外国船が来たんだそうです。浦賀奉行所を大砲で吹っ飛ばそうとしたとか……」

「お前、どこでそれを聞いた？」

「いつもの飛脚屋ですがね。見たやつは大勢いるみたいですよ。先生もご存じなんですか？」

「ああ。老中の阿部《あべ》さまから相談があった。お前が知ってるとなれば、世間に知られるのも時間の問題だな……」

象山が額にしわを寄せ、腕を組んだ。

「いったいどこのやつが来たんです？　ほんとに戦を仕掛けに来たんですか？」

「アメリカの船だ」

「アメリカ⁉　……って、どこでしたっけ？」

「ここだ」

象山は大きな世界地図を取り出して広げると、アメリカ大陸を指さした。

「ふうん……。日本はどこです」

「この島国だ」

「えっ。こんなに小さいんですか？」

「別に小さいというほどではない。ヨーロッパの国々と同じくらいだろう。ただアメリカは大国だ。イギリスの兄弟のような国で、産業も発達している」

イギリスは十年ほど前に大国の清《しん》と阿片《あへん》戦争をし、打ち破った国である。

「こんな大きな国と戦になったら日本はどうなるんです」

銀次は不安になった。

「戦は国の大小というよりも、兵の人数が多く、武器の優れているほうが勝つ」

「じゃあ、どっちが優れているんですか」

「もちろんアメリカだ。黒船一つとってみてもわかる。浦賀奉行所が調べたところによると、黒船の大きさは二百尺（約六十メートル）をゆうに超えているそうだ。だいたい田んぼ二つ分といっていいだろう」

「そりゃでかい……」

「日本にはない大きな船だ。幕府の命により、各藩は五百石以上の船を建造することは禁じられているからな。遠国大名が参勤交代に使う大きな御座船でもせいぜい百二十尺（約三十六メートル）。ほぼ半分の大きさしかない」

「そのばかでかい船から大砲をばんばん撃ってくるわけですか」

「それだけではない。黒船はどうも、蒸気船らしい」

「じょうき船？」

「火の力で作り出した水の蒸気を動力に変えて進むというイギリスの発明品だ。帆で風を受けなくても船が進むという。わしもさすがに見たことはないが……。その武力を背景に日本を征服しようという企《くわだ》てがあるのかもしれぬな」

「それじゃ俺らは奴隷《どれい》になっちまうんですか？」

「その可能性は十分にある」

象山の話によると、海外列強は武力をちらつかせ、発展途上の国に不平等な条約を押しつけて、金銀を吸い取るそうである。あるいは難癖をつけて領土を奪う。欧米には蒸気船や大砲だけでなく、最新式の銃もあるので、武士の刀では到底かなわないらしい。

銀次は武者震いした。

「先生、俺が見てきますよ！」

銀次は弾《はじ》かれたように立ち上がった。

「なに？」

「まだ浦賀にいるかどうかわかりませんが、どんな奴《やつ》らか見届けないと。あと、何のつもりで日本に来たのかとっくり聞いてやります。芳徳、行くぞ！」

「うん！」

芳徳も立ち上がった。

敵の正体を確かめたいし、こんな大ネタとなれば、どれほど売れるかわからない。日本が征服されるというネタの衝撃も十分だ。

「わしも行きたい！」

象山が苦しそうに言った。

「おお、一緒に行きましょう、先生！」

象山が一緒ならばいろいろと解説してくれるだろう。それを記事に書けば大売れ間違いなしだ。

「しかしな。老中たちに呼ばれておる。身分というものはまことに邪魔だ。しがらみだらけだ。天下泰平のときは邪魔者扱いしたくせに……」

象山がため息をついた。

江戸城で意見を述べたあとは、象山が籍を置く松代藩の江戸屋敷に行って事の次第を報告しなければならない。

「わしも町民に生まれたかった。さすればフランスの国民のように自由だったのに。お前たち、わしのかわりに異国船をよく見てきてくれ」

「おうよ！」

「任せてください！」

銀次たちは座布団を蹴って飛び出した。

銀次たちはそれぞれの家に戻ると急いで旅支度をした。江戸から浦賀まで二十里

（約八十キロメートル弱）。泊まりになるし、路銀や替えの草鞋《わらじ》も持たねばならない。

しかし振り分け荷物を肩にかけ、長屋を飛び出したが、はたと立ち止まった。

「先立つものがねえな」

銀次は財布の中を見てため息をついた。飛脚屋に払った情報料の千文がこたえている。

「あら、銀ちゃん。何してるの？」

声が聞こえた。

「おっ、琴若《ことわか》……」

琴若は向島《むこうじま》の通いの芸者で、これから仕事に出かけるらしい。

体にぴったりとした柔らかい着物を身に着け、盛り上がった胸が帯の上に乗っている。こんな貧乏長屋に住んでいるのが不似合いなほどの美人であり、銀次も気になってはいた。

銀次は菅笠《すげがさ》をいなせにかぶってなんとなく格好をつけた。

「今から大ネタを拾いに行くんだ。楽しみにしててくれ」

「そう。がんばってね」

琴若がにっこりと微笑む。

しかし銀次の足は進まなかった。

「どうしたの、銀ちゃん。行かないの？」

「それがよ……。実は先立つものがなくて」

「あら。じゃあ私が貸してあげようか？」

琴若の目が妖《あや》しい光を帯びた。

琴若は芸者をするかたわら小金を高利で貸している。だが返せないときは大変なことになるのも知っていた。

琴若は昔、吉原《よしわら》の女郎だったという。男の影もないし、外に出るのは並大抵のことではなかっただろう。よほどしっかりしているに違いない。

銀次は迷った。金は必要だが、利子はかなり高い。

「……よし、頼もう」

銀次は言った。背に腹はかえられない。

「これで足りるかい？」

琴若は帯から財布を出して、一分（千文）を貸してくれた。

「返すときはわかってるね？」

琴若は笑顔だが、目は笑っていなかった。

「ああ。利子は三日で一割だったか？」

「そうよ。びた一文まけないからね」

かわいく目を細めると琴若は歩いて行った。

琴若は大金を貸さない。多くても二分までだ。長屋には貧乏人がそろっているので、ついつい借りてしまうが、返せないと強面《こわもて》の男たちがやってきて、鍋釜《なべかま》まで容赦なく取り立てるとも聞く。

しかし黒船のかわら版が売れれば、きっと大儲けできるはずだ。銀次はなんとか財布をふくらませ、ようやく出発した。

同じく旅支度をしてきた芳徳と日本橋で合流し、東海道《とうかいどう》を進んだ。

日が暮れ、鎌倉《かまくら》の雪《ゆき》ノ下《した》村で木賃宿に泊まった二人は、翌朝、日の昇る前から出立した。

「今頃、大和屋はかわら版を売ってるだろうね」

「仕方がない。あっちはでかいからな。ネタ集めと書き手が別々だ」

「こっちはとびきりのネタを取るしかないね」

「ああ。三日分のネタをつかめばこっちの勝ちさ」

こうなったらなんとしても浦賀で異国船を見つけねばならない。

日が昇ってくると、何頭もの早馬が街道を駆け抜けていった。幕府のほうでも異国船への対応に追われているのだろう。そのうち江戸の好事家《こうずか》や野次馬たちも浦賀にやってくるに違いない。いずれ野次馬たちを目当てに屋台を出す者も現れるはずだ。海の弁天さま見物ですら、そんな物売りがいた。

ふたりは道を急いだが、昼を過ぎたころにはすっかり道に迷ってしまった。近道をしようと獣道に踏み込んだのがいけなかったらしい。広大な野原には道標《みちしるべ》も家もなかった。

「まずいな。どこだ、ここは」

「銀次が横着して近道しようって言うから……」

「なに。まっすぐ行けば、きっとどこかに当たるさ」

ふうふう言いながら、藪《やぶ》こぎしていると、目の前に突如、濃紺の海が開けた。

海風が髷《まげ》を揺らす。

「おい、海だぞ！」

「うん。道も見えたね」

「こりゃもう、ついちまったかもしれねえな」

「ずいぶん歩いたもんね」

芳徳がほっとしたように言った。

草をかき分け、道に出る。

「どこだ、異国船は？」

海の上には見渡す限り何もない。小さな島が点在しているだけである。

「まだ鎌倉なんじゃないの？」

「いや、鎌倉はだいぶ前に過ぎたはずだ。黒船はきっとそこいらにいる。探せ！」

目を皿のようにして水平線を見ていると、背後から男の声がした。

「おまんら、何をしちょる」

振り向いてみると、何やらむさくるしい侍が深い草むらの中に座り込んでいた。月代《さかやき》すら剃《そ》っていないところをみると浪人かもしれない。

「ちょっと船を探してるんだ。浦賀に来たっていう大きな黒い船なんだが……。見なかったかい？」

「はっはっは」

聞いたとたん、男は大笑いした。

「な、なんだよ」

「阿呆か。おんしらぁが見ちょるがは伊豆《いず》のほうじゃ」

「えっ？」

「浦賀は反対側ぜよ。ここから東に陸をつっ切って行くと、ようやく浦賀じゃ」

男は体の脇に大刀を置いていた。どうやら武士らしい。

「なんだ……。いくら探してもいないはずだ」

「慌てすぎたね」

芳徳も言う。

「よし。もう少し頑張るか」

銀次は草鞋の紐《ひも》を締め直した。

「助かりました、お侍さん」

芳徳が頭を下げる。

「なんの。わしも黒船を見に行くところやき」

「藩のおつとめですかい？」

銀次が聞いた。

「いいや。ただの野次馬じゃ」

「えっ？」

「異国の船が日本に攻めてきたいうき、まずはこの目で見ちゃろう思うてな」

侍はにやっと笑った。

「なんかこの人、銀次みたいなこと言ってるね」

芳徳が小声で言って笑った。

「へえ、侍の中にも野次馬がいるのか」

銀次はその風変わりな侍を見つめた。

「見るだけじゃない。なんなら喧嘩してもええ。異国人の五人や十人は斬って捨てちゃる」

侍は歯をむいて笑った。

「そりゃ威勢がいい」

銀次が言った。

汚い着物を着て、髪も、もじゃもじゃだが、男の瞳は澄みきっている。

「ねえ銀次、このお侍さんと一緒に行こうよ。道にも詳しそうだし」

「そうだな。旅は道連れだ」

「待て待て。ただでは案内しちゃらん」

「ええっ。ケチだなぁ」

「なあに、ちょこっと紙をくれればえい。懐紙が切れてしもうて、往生しちょるぜよ」

　しゃがみこんだまま、侍が頭を掻《か》いた。

「うわっ、あんた用を足してたのか！」

　銀次は鼻をつまんだ。芳徳が荷物からちり紙を出して渡してやる。

「すまんのう」

　片手で拝んで、侍は紙を受け取った。

「いいってことよ。それよりこっからは道案内を頼んます。俺は銀次っていうかわら版屋です。こっちは絵描きの芳徳で……」

「なんじゃ、かわら版屋か。それはええ。こがなことは民も知らんといけんからの。わしは坂本龍馬《さかもとりょうま》っちゅう土佐《とさ》の侍ぜよ」

　男は人懐っこい笑顔を見せて言った。

「へえ、四国の人か。じゃあ向こうで待ってるよ、坂本さん」

　銀次は風上のほうまで歩いた。

　芳徳も鼻をつまんでついてくる。

「おい、くせえな、あいつ！」

　銀次が笑った。

「うん。何食べたんだろう」

「奈良漬《ならづけ》かな？」

「あんまりお風呂《ふろ》に入ってなさそうだよね」

「さぞかし身分が低いんだろうな。足軽とか」

しゃべりながら待っていると、身支度を整えた龍馬が藪から出てきた。

「はぁ～、まっこと気持ちえいにゃあ」

気持ちよさそうに伸びをすると龍馬は歩き出した。

銀次たちはあとをついていく。

坂本龍馬は土佐藩の下級武士の家に生まれ、剣術を修めるため、江戸の三大道場に数えられた千葉《ちば》道場に留学し頭角を現した。藩より品川《しながわ》の土佐藩下屋敷の防備の任をあたえられた龍馬であったが、黒船の来航に遭遇し、直接見てやろうと足を延ばしたのである。

「あいつ、二本差しのくせに足が速いな」

「なんだか疲れてきたよ」

体の弱い芳徳が弱音を吐いた。

「ついていくぞ。これ以上、道に迷いたくねえし」

銀次たちは汗だくになって龍馬のあとを追った。

街道を東へ進み、馬堀《まぼり》海岸沿いの道を南に向かうと浦賀に至る。港には人だかりがあった。

「おい！　あれじゃねえか」

「そうらしいの」

銀次と龍馬が競うように走り出した。芳徳は後ろから、よたよたとついてくる。

人混みの一番後ろについて飛び上がると、大きな黒い船が煙を吐きながら進んでいるのが見えた。風にたなびく黒煙は、青空に高く上がり、うすい雲とつながっている。

「でかいのう……」

龍馬が口をあんぐり開けて言った。黒船は四隻《せき》もいる。高い波を巨大な舳先《へさき》が断ち割り、力強く進んでいた。

「すげえ。弁天さまどころじゃねえ」

銀次の背中がぞわりとした。こんな見上げるような、大きな船があるのか。この船が大挙して攻めてきたら日本はどうなるのか。

「大砲がいっぱいだね……」

芳徳が震える声で言った。先頭の船の横っ腹には、黒い筒先が七門も見えた。

「芳徳、描け!」

「そうだ、忘れてた!」

芳徳はさっそく矢立を取り出した。

『さてもさても驚いたり! 火を吹く巨大な黒船が浦賀にやってきた。合わせて四隻、海に浮く城だ。もうもうと黒煙を吐いて、江戸まですぐにやってくる——』

銀次の頭にかわら版の文言が浮かぶ。

芳徳も懸命に黒船の姿を写しとっている。

この驚きを早く江戸のみんなに伝えたい。みんなに知ってほしい——。

自らの躍る心を、人々と分け合うようなこの稼業が、銀次は好きだった。

かわら版を買う客たちのびっくりする顔が目に浮かぶ。

(これは五百部……いや、千部はいける)

それだけ売れれば今までで最高の売上となる。

「おい、芳徳! 見出しは『浦賀に地獄の黒船あらわる』で行こう」

興奮しながら叫んだ。

「煙吐く幽霊船団でもいいんじゃない?」

「それもいいが、幽霊っていったって人が動いてるじゃねえか」

黒船の上には金髪や赤毛の異国人がおり、甲板の掃除をしたり、遠眼鏡でまわりを見たりしていた。

「なんか真っ黒な人もいるよ」

「黒いのは船だけじゃねえのか。黒くてよく見えねえぜ」

「何してるんだろうね」

「おっ、こっちを見たぞ」

船員の一人が遠眼鏡でこちらを見ていた。

銀次は声を張り上げた。

「おおい！　こっち来い！」

銀次がぶんぶん手を振った。

「やめなよ、銀次！　撃たれるって」

芳徳が慌てて言う。

「なあに。せっかくここまで来たんだ。何か話でもしてみてえじゃねえか。……おっ！」

銀次の視線の先では船員が手を振り返していた。

「こっちに気づきやがった！」

「なんか陽気な人たちだね」

気持ちは通じるようだった。話せばもっと何かわかるかもしれない。

「くそっ。なんとかあいつらとしゃべれねえかな」

銀次がつぶやいたとき、

「まだ馬鹿なことを言いゆうが」

横から龍馬の声がした。

「何が馬鹿だ」

銀次は龍馬をにらんだ。

「おまんらはほんまに考えが甘い。あいつらは日本を手下にしにきちょる。あんな大砲積んで、わざわざ戦支度をしての」

「わかってるさ。でも俺はかわら版屋だ。ちゃんと相手の言い分を聞いてから書きてえ」

「はあ？　おまん、異国語をしゃべれんのか？」

「いや、それは……」

「なんじゃ。それじゃあ話にならんぜよ」

龍馬がおかしそうに笑った。

「坂本さん、やっぱり黒船と戦ったら負けるんでしょうか」

芳徳が聞く。

「そうじゃのう。侍のほとんどはもう剣を使えん。わしも大いに期待して江戸に来たんじゃが、評判の千葉道場に通っても、真剣で命をかけて戦えるのは十人に届かんかったぜよ。泰平の世が続いて、みんなひ弱になってしもうたんかの」

龍馬は名だたる千葉道場で塾頭となったが、その龍馬が武士の弱体化を嘆いていた。

「そもそも刀じゃ銃には勝てないんじゃないのか」

銀次が言った。

「おまん、ようわかっちょるの」

「戦に勝つかどうかは武器で決まるってことさ」

銀次が言った。もちろん象山の受け売りである。

「何者じゃ、おまん」

龍馬が感心したように銀次を見た。

「言ったろ。俺はかわら版屋だよ」

「それにしては妙に学がある」

「へっ。かわら版屋を舐《な》めないで欲しいね」

「まあ、たしかに日本には黒船のような軍船はない。今、戦えば負ける。そのことがみんなまるでわかっちょらん」

「あんた、五人でも十人でもぶった斬るって言ってたじゃないか」

「そりゃの、喧嘩じゃ負けん。しかし国と国との争いになれば、相手は遠くから新式の鉄砲や大砲を撃ってくる。それに比べて日本には古い火縄銃しかない。大砲も古い。それがちっともわかっちょらん。眠りこけた幕府の目ぇ覚まささんことには、始まらんぜよ。あいつら、大砲の二、三発でもぶっ放してくれんかね」

「めちゃくちゃ言うな、あんた」

銀次はあきれた。幕府を目覚めさせるためなら戦でやられてもいいというのか。

「これは庶民にも知らせてやらんといかん。おまんは軽い気持ちで来たんじゃろうが、それだけじゃつまらんきに。人の役に立ってこそじゃ」

「人の役に立つか……」

たしかに銀次は野次馬根性の塊である。珍しいものや刺激的なものに目がなかった。しかし象山はニューズペイパーのライターになり、民のために働けと言った。そして今、龍馬も同じようなことを言う。

しかし民のためと言われてもぴんと来なかった。そもそも世間が自分に何かしてくれただろうか。

銀次が考えていると、芳徳ができた絵を見せにきた。

「できたよ。どうかな、銀次」

「おお、いいな！」

芳徳は四隻の黒船を余すところなく写し取っており、まるで目の前に立って見ているようだった。

「よし。江戸にもどるぞ」

浦賀の役人に酒でも飲ましてさらに黒船の話を聞きたいところだが、第一報を誰よりも早く伝えるには、すぐにでも発《た》たねばならない。

「すごいことになりそうだね」

芳徳が上気した顔で言った。

「もう行くんか。もちっと戦と武器の話を聞きたいと思うたんじゃが」

龍馬がなごり惜しそうに言った。町民に対して平然と教えを請おうとする姿勢に少し感心してしまう。武士と言っても、いろいろなやつがいるらしい。

銀次はネタを明かすことにした。

「坂本さん。軍学の詳しい話を聞きたけりゃ、江戸木挽町にある五月塾を訪ねたらいい。佐久間象山っていう、なんでも知ってる人がいる。俺もそこで聞いたんだ」

「おお、名前は聞いたことがあるきに。行ってみるぜよ。すまんの」

「こっちこそ、あんたのおかげで道に迷わずに助かったぜ。ありがとよ！」

銀次たちは龍馬に別れを告げるとすぐに出発した。一刻も早く、黒船襲来の一報を江戸に持ち帰りたい。

日のあるうちは歩き通して、翌日の夜半に江戸に着いた。疲れ果てた芳徳を残して、銀次はすぐ、猿江町《さるえちよう》にある彫り屋に向かった。

息せき切って、彫り師の六兵衛《ろくべえ》に下書きを渡す。記事を木版に彫ったあとは、隣の長屋に住んでいる摺り師の八之助《はちのすけ》が紙に摺るという寸法である。銀次は腹を決めて、千枚頼んだ。

下書きには芳徳の見事な挿絵がある。

江戸の庶民にも黒船の恐ろしさがよく伝わるだろう。

これで大儲けだ、と銀次が皮算用してにやにやしていると、六兵衛が言った。

「銀次よう。この話はちょいと遅いぞ」

「えっ、何がだよ？」

「黒船のことなら、今日、大和屋のかわら版に出ていたぜ」

「えっ。嘘だろ？」

耳を疑った。銀次たちは異国船のことを聞いてすぐ駆けつけたのだ。

「本当だって。見るか？」

六兵衛がのっそり立ち上がると、四枚綴《つづ》りの真新しいかわら版を持ってきた。たしかに大和屋のものである。

「貸せっ！」

ひったくるようにして、かわら版を広げた。

目に飛び込んできたのは、たしかに浦賀で見た異国船の絵だった。しかもさまざまな角度から描かれている。

銀次が一直線に帰る前にこれが売られているとは。

「あいつらどうやって……」

頭をかきむしった。ネタは同じように飛脚屋から聞き出せるとしても、絵は無理だ。こうなると、せっかく足を使って拾ってきたネタが無駄になる。

「六兵衛よ、ちょっと待ってくれ！　書き直すから」

「間に合うのか？」

「やらなきゃしょうがねえ。こんな大ネタ、めったにねえんだ！」

かわら版の下書きをひったくると、銀次は慌てて走り出した。

長屋に帰った銀次は、泊まり込んで眠っていた芳徳を激しく揺すった。

「芳徳！　起きろ、今すぐに！」

「なんだよ銀次、浦賀まで行って疲れたんだよぉ」

寝床で丸まった芳徳は頑として目を開けない。

「大変なんだ。大和屋の野郎、黒船が来たのを知ってやがった。しかも、めっぽう絵がうまい。お前の描いたやつよりもだ！」

「ええっ⁉」

芳徳が飛び起きた。浮世絵は売れなくとも、写し絵には自信があったのだろう。

「これだ」

銀次は芳徳の顔に大和屋のかわら版をつきつけた。

「うそっ！　なんでこんなに……」

芳徳の声が震えた。

「お前の絵もうまいが、大和屋の絵の方が細かいだろう？」

「うん。甲板の模様まで描いてある。こんなの船に乗らなきゃ見えないよ」

「残念だが、大和屋の挿絵の方が上だ」

銀次は腕を組んだ。このままではただの後追いのかわら版になってしまう。売れないし、何よりかわら版屋としての誇りが許さない。

「どこで見たのかな……」

「わけがわからねえ。でもこれが売られたのは事実だ。なんとかするしかねえだろ。お前の挿絵、どうにかできないか？」

「どうにかって、あれが見たまんまだよ」

芳徳が泣きそうな顔になった。

「なんかあるだろ。ほら、きらびやかに色をつけるとかよ」

「錦絵じゃないんだから。だいたい相手は黒船だよ？　色は黒だけだよ」

「むむ……」

銀次はうなった。このままでは負けてしまう。太次郎の勝ち誇る姿が目に浮かぶようだ。あいつだけには絶対負けたくない。

「よし……。こうなったら、地獄の船で行こう」

「どうするの？」

「地獄なんだから、鬼みたいな船だ。ほらこうやって……」

銀次は紙と矢立を取り出すと、簡単な船を描いて、船首に鬼のような顔をつけた。

「気持ち悪いよ……。ぜんぜん違うじゃない」

「だからいいんだ。黒船は恐ろしいものだからな、このほうが迫力もあるし、きっと売れる」

「そんなのいんちきだよ」

「いんちきの何が悪い？　美女河童も双子河童も喜ばれただろう？　歌川国芳師匠を見てみろ。あのとんでもない大骸骨が人気になったんだ。目に見えるものだけが絵じゃねえ。今こそ、自分の絵を超えてみろ！」

「そんなこといったって、できるかどうか……」

「黒船のおどろおどろしさを伝えるんだ。異国から来た禁断の獣だ。あれは旗本八万騎を皆殺しにして日本を喰《く》らう地獄の悪鬼だぞ！」

「……わかったよ。ちょっと待ってて」

芳徳が低くうなりながら、新しい絵を描き始めた。

銀次がじりじりしながら待っていると、ようやく新たな絵ができた。

「こんなのでほんとにいいのかなぁ」

「見せてみろよ」

銀次が言うと、芳徳は恥ずかしそうに絵を差し出した。

「うわっ、こりゃお前……」

芳徳の描いた新しい黒船はすっかり変貌《へんぼう》していた。

船首に鬼の顔があって、船尾は蛇である。気味が悪く、夢にまで出てきそうな衝撃的な絵だった。

「ごめん、やりすぎたかな？」

「いや、でかした！　船首だけじゃなく船尾まで魔物にしちまうとは思わなかった。これだ。これこそ俺たち極楽屋の黒船だ！」

「いいのかなぁ」

「すぐに彫り屋へ持っていくぞ」

銀次は新しい絵をひったくると、走り出した。彫り師の六兵衛のところに引き返し、下書きを渡す。

待ち構えていた六兵衛はすぐに彫りの作業を始めた。銀次も息をつめて作業を横で見守る。

銀次の書いた文と挿絵を版下絵として木版に糊《のり》で貼《は》り、その字と絵の輪郭を木の板に写し取る。木版には年輪の模様の少ない板目を使うことが肝要だ。

その後、写した文字や絵の輪郭を残し、まわりを彫刻刀で彫っていく。

頭にぎゅっと鉢巻きをした六兵衛が、まるで粘土でも彫るようになめらかに木を削ると、字や挿絵が浮き出てくる。この工程がもたもたしていると、急ぎの仕事に間に合わない。

木版が彫り上がったら、刷毛《はけ》で墨を塗り紙を当てて摺る。

このぶんなら摺りもなんとか間に合うだろう。

「見てろよ、大和屋。江戸の野次馬たちの度肝を抜いてやるぜ」

翌朝、銀次たちはいつものようにまず永代橋のたもとに立った。

「さあさあ聞いて極楽、見て極楽！　浦賀に恐ろしい異国船が来た！　地獄から来た悪魔の黒船だよ」

銀次の声が響く。

しかし通りがかりの大工がからかい半分で声をかけた。

「おい、極楽屋！　その話はもう知ってるぞ。昨日売ってたかわら版に書いてあったぜ」

大和屋はこっちが留守なのをいいことに、やはり縄張りを荒らしたらしい。

「あいつらの話は嘘ばっかりさ」

「えっ？」

「そのかわら版なら俺も見た。でも、でたらめだ。大和屋のやつめ。船の甲板の模様まで描いてあったろ？」

「そういや、そんな絵もあったな。丁寧じゃないか」

「船には異国人しか乗ってないのに、なんでそんな絵が描ける？　かもめでもあるまいに」

「そういやそうだな……。どうやって描いたんだろう？」

　大工が不思議そうな顔をした。

「河童の復讐《ふくしゅう》だろうな。あいつは頭をいじられたんだ」

　銀次が低い声で言った。

「えっ、河童がどうして？」

「大和屋は河童の池をさらったという話を書いたろ？　河童が怒って、やつの頭の味《み》噌《そ》を抜いたんだ。それで大和屋は、おかしくなった。もともとおかしい頭だったが……」

「味噌だって？」

「ああ。人の頭の中にはな、大事な味噌が入ってる。解体新書にもあるだろう。もしかしてあんた、読んでないのか？」

「書物なんて読む訳ねえだろ。こちとら忙しいんだよ」

「だろうな。だからこそ、俺たちかわら版屋がいるんだ。大和屋のでたらめの絵なんか忘れちまえ。俺が黒船の正しい姿を教えてやる」

銀次は手に持ったかわら版の挿絵をちらっと見せた。

「なんだそりゃ！　気持ち悪いな」

大工が眉《まゆ》をひそめた。

「これが黒船の真の姿よ。さもなきゃご公儀がこれだけ慌てるはずがない」

「えっ、ご公儀が⁉」

「そうよ。浦賀から江戸まで早馬が矢のごとく走っているのは知ってるだろ？　異国のやつらが地獄の魔物と組んで、黒船で攻めて来てるんだ。あの船首の鬼は八岐大蛇《やまたのおろち》の親戚《しんせき》だ。大きな戦になる。関ヶ原《せきがはら》どころじゃねえ。日本全部が狙《ねら》われてる。どこに逃げればいいのかわかるか？　今日のかわら版を読まねえと命を落とすぜ」

「異人が来るのかよ……」

大工が頬を引きつらせた。

「そうだ。海の弁天さまが言ってたろ。海から伝説の大亀が現れて、火を噴くってな。

予言は大当たりだった。鉄の鎧《よろい》に覆われた黒船はまさしく大亀だ。しかも大砲をわんさか積んでる。ありゃ人殺しの大亀だ」

「あの予言、本当だったのかよ。お前の嘘かと思ってた……」

「俺はな、本当に危ないときには嘘はつかねえ。でも、これを買えば大丈夫だ。たったの三文で命が助かる。どうする？　買うのか、買わねえのか」

「うっ……」

「あんた、江戸っ子だろ？」

「よ、よし、一枚くれ！」

銀次の鋭い追い込みに、大工は陥落した。

「毎度あり！　大和屋にない話がいっぱいあるぜ！」

銀次は声を張り上げた。おどろおどろしい絵だけではない。自分の書いた記事にも自信がある。象山のウンチクの後押しも申し分ない。

黒船に対する大和屋のかわら版の趣旨は、『異国から大きな蒸気船がやってきたが、幕府がきっと打ち払ってくれるだろう』というものであった。役人に取り締まられないため、相変わらず公儀にごまをすっている。

しかし銀次は幕府が強いとは思わなかった。象山も龍馬も日本が世界から遅れていると言っていた。

　銀次は威勢よく続けた。

「地獄の船の大砲に脅されて幕府は打つ手なしだ。鬼の手下になるか、それとも田舎に逃げるか。蝦夷あたりなら寒いから地獄の悪鬼も遠慮するかもしれねえが、江戸で安穏としていたら、黒船に打ち負かされ、異国人が上さまになっちまうぜ」

「その地獄の船ってのは江戸にいつ来るんだよ？」

　大工が聞いた。

「すぐそこまで来てる」

　銀次は適当に言っただけだったが、奇《く》しくもこのとき、黒船は本当に江戸へ向かっていた。幕府を威圧しつつ、不平等な条約を押しつけるためである。

「本当か……。でもよ、蝦夷なんて寒いし何もないところなんだろ？　江戸と比べりゃやっぱり地獄なんじゃねえのか」

　かわら版を熱心に読みつつ、大工はつぶやきながら歩いて行った。

　それを見ていた野次馬たちも気になってしょうがないようすで、

「おい、俺にもくれ！」

「私にもちょうだいな」

と、次々と銀次のもとへ殺到する。

江戸に黒船が攻めてくるなど、仕事場や長屋での格好の話のネタである。

「銀次、売れてるね！」

芳徳の嬉《うれ》しそうな声が編み笠の下から聞こえる。

「うまくいったな。やっぱり恐ろしい黒船こそ、みなの求めているものなんだ」

銀次は意気揚々と言った。

地獄の黒船を描いた極楽屋のかわら版は評判になり、町民だけでなく江戸藩邸に勤める武士まで買いに来た。

だが、部数は期待した千部までは届かなかった。

日々、摺られるかわら版の情報は、早さが命であり、やはり先んじて黒船を報じた大和屋の影響は強かった。

しかし一矢は報いた。

「なんか疲れた……。ひと眠りしようよ」

急ごしらえながら売れる絵をきっちり完成させた芳徳がふらふらになっていた。

「よし。帰ってゆっくり休んでくれ。また昼に迎えに行くぜ」

儲けた金を数えつつ、銀次は長屋に戻った。

心地よい疲労感に包まれて長屋の家の戸をあけると、中に美しい女がいた。

「琴若!」

「おかえり」

琴若が妖艶《ようえん》に笑っている。黒地に金の桜を散らした着物がぴっちりと体にはりついて、なまめかしい。

「どうしたんだよ。勝手に上がって……。いや、別にいいんだけど」

金は借りたが、返す期限は決めていないはずだ。

ならば美女の気まぐれか。いつも金欠の銀次だが、たまには物好きな女に言い寄られることもある。

「待ってくれ。いま布団を敷くから」

浮き浮きして言った。大ネタの黒船はやってくるし、運の風向きはいいらしい。

「もう寝るのかい?」

「恥ずかしがりやがって。なんかおぜん立てが必要か? ああ、酒か! それなら芳徳の持ってきたいい酒があるぜ」

「それはいいわね。でもその前に出して」

琴若が銀次の腹を見つめた。

「出すって……。顔に似合わず大胆だな」

銀次が帯をほどこうとすると、平手打ちが飛んできた。

「いてっ！」

「馬鹿なことやってんじゃないよ。出すのは金さ」

「えっ、もう返せって言うのか？」

「懐《ふところ》がふくらんでる。かわら版が売れてよかったわね。ざっと千八百文ってところ？」

琴若はしっかりと懐具合を観察していたらしい。

「で、でもよ、期限は決めてなかっただろ？」

「黒船が来たら、みんな借金なんて踏み倒すさ。あんたも逃げ足は早そうだからね」

「そういうことか……」

琴若も黒船来襲のかわら版をどこかで読んだらしい。

「貸したのは一分。利子は一割。しめて一分と百文。今すぐ払っておくれ」

琴若がにっこり笑った。どこか能面のような怖い笑顔だった。

「きついな……。彫り屋と摺り屋に代金を払ったら、儲けがなくなっちまうぜ」

「大和屋さんと勝負できたなら、面目は立ったじゃない」

なんでもお見通しらしい。

「俺はもう一勝負してえんだ。今は体で返すってのでどうだ？」

銀次は微笑んだ。

琴若の顔はぴくりとも動かなかった。どうやら銀次のなけなしの魅力は通じないらしい。

「返すってばよ」

銀次はしぶしぶ金を返した。

小銭だらけの金を二度数えてきっちり取り立てると、琴若は立ち上がった。

「急にごめんね。機会があればまたよろしく」

今度の笑顔は、優しかった。普通にしていればいい女なのだろう。

「そんなに金をためてどうするんだよ。あの世までは持って行けねえぜ？」

「お金は裏切らないからね」

琴若が言った。

「裏切られるなんてよくあることさ。はなから信用しなけりゃいい」

琴若は妖しく目を光らせた。

「あんたもちょっとは苦労してるんだね」

言い捨てると、琴若は出て行った。

「あっ。酒を出すのを忘れてた」

銀次は頭をかいた。酔わせればなんとかなったのか。

「しかしつくづく金には縁がねえな。入ってきたとたん、すぐ出て行きやがる」

財布が軽くなると、気力まで減った気がした。大和屋のかわら版がなければもっと儲かったはずである。

だが黒船くらい大きなネタなら、続報でまた稼げるかもしれない。銀次は一休みすると芳徳とともに木挽町の五月塾へ向かった。

しかし、象山はちょうど浦賀に向けて出発しようとするところだった。

「手短に話せ」

友次郎に着替えを手伝わせながら、象山が言った。

「これが黒船です。芳徳が丁寧に写したんですが」

銀次は芳徳が最初に描いた精巧な絵を見せた。

「ほう……。この大きな水車は外輪だな。やはり蒸気船か。煙突が一つ……。帆もあるから風でも進むことができる。なるほど。でかした」

象山が珍しく銀次を褒《ほ》めた。

「でもよ、悔しいけど、大和屋の調べのほうが上だったぜ」

銀次は大和屋の、黒船の内部まで描かれているかわら版も見せた。

「見てくださいよ。甲板の模様までしっかり描いていやがる」

象山はその絵をじっと見つめた。

「いや、違う。これは黒船のものではない」

「えっ、どういうことです？」

「この絵はたしかに蒸気船のものだが、グレート・ウェスタン号というイギリスの船の図面だ。オランダ風説書《ふうせつがき》で見たことがある」

〈オランダ風説書〉は、幕府が長崎の出島《でじま》のオランダ商館長に出させている海外に関する情報をとりまとめた冊子である。象山はそれを見知っていたらしい。

「なんだ……。それでこんなに詳しいのか。てことは、大和屋はその絵を書き写したってことだな」

「そのかわら版屋はおかしいな」

象山がつぶやいた。

「ええ、嫌なやつです。顔も変だし」

「いや、そういう意味ではない。オランダ風説書を見られる者は限られている。一介のかわら版屋がなぜそんな絵図面を手に入れられたのか……」

「そうなのですか」

〈オランダ風説書〉は幕府の関係者しか見られないはずだ。情報元として幕府に食い込んでいるのかもしれない。

「そのかわら版屋は、もしかすると幕府の隠密《おんみつ》かもしれぬ」

「えっ、隠密？」

「おかしな情報を流して世の中をゆすぶろうとしているのやもしれぬ」

「そりゃ本当ですか？」

太次郎の顔が浮かんだ。どう見ても無粋な野郎である。

「幕府の命で動いているのかもしれぬ。弱みを握られているか、買収されているか……」

「あるかもしれないですね」

いつも幕府にごまをすっているからには、そんな歩み寄りがあるのかもしれない。

「気をつけろ。大和屋が幕府の傀儡《かいらい》なら、お前は敵だ。そもそもかわら版は御法度だ。捕まえて闇に葬るなどたやすいぞ」

「なあに。俺の口はなかなか止められませんよ」

銀次が不敵に笑った。

「お主のかわら版は不謹慎だが、なかなか面白い。読めぬと寂しくなる」

象山が銀次を見つめた。

「ありがとうございます」

褒められてむず痒《がゆ》くなった。

「あっ、そうそう。うちの本番のかわら版はこっちです」

銀次は浮かれて、地獄の鬼の黒船が描かれた極楽屋のかわら版を見せた。

「なんだこれは！」

象山が目をむいた。

「芳徳の会心の作です。どうです、怖いでしょう」

銀次が笑った。

「大和屋より、お前のかわら版のほうがはるかに悪質だ」

象山があきれたように言った。

「不気味で怖いほうが楽しいじゃないですか」

「頭が痛くなってきた。わしはもう行くぞ」

支度の終わった象山は急いで部屋を出ていった。

「あの絵でよかったのかなぁ」

芳徳が不安そうに言った。

「いいに決まってる。目立ったもん勝ちだ。先生からいい話も聞けたことだし今度こそ大和屋をやっつけてやるぜ！」


翌朝早く、神田明神のそばで銀次の声が高らかに響いた。

大和屋の縄張りのど真ん中、完全に敵地である。

「さあさあ、読んで極楽、見て極楽！　娯楽たっぷりのかわら版だよ！　黒船襲来の続報だ。イギリス、スペイン、ロシアが世界を荒らしまわっているが、今度は強国アメリカが日本を狙って一目散だ！」

手に持ったかわら版を振りかざすと、そばを通りかかった飴売《あめう》りが文句をつけてきた。

「嘘つけ！　昨日はご公儀が何とかしてくれるって言ったじゃねえか」

「それは大和屋のかわら版だろう。あいつらは幕府に媚《こ》び売って、でたらめばっかり言ってやがる。こいつがほんとの黒船だ！」

銀次が真新しいかわら版を見せた。

「な、なんだこりゃ！」

芳徳の挿絵はさらに恐ろしい見た目になっていた。前にいた鬼はろくろ首のように伸びて、もはや亀のような姿になっている。亀甲模様の船べりの横からは黒い触手が何本も突き出し、それがぐねぐねとうねって火を噴いていた。

「これが地獄の黒船よ。戦ったら、お江戸はすぐに火の海だ」

「ほんとかよ?」

飴売りが目をむいた。

「大和屋の黒船は、他の船を真似《まね》して描いたもんだ。ちゃんと見てねえ。だがこの船は本当だ。なんせ俺たちがこの目で見たんだからな」

「この火を噴いているのはなんだ。気持ち悪いな」

「地獄の大砲だよ。その数しめて十四門。江戸についたとたん暴れ出すぜ。あんたの売ってる飴なんか、一発で溶けちまう。水茶屋の看板娘のおきんちゃんも吉原の花魁《おいらん》も、みんな異人にさらわれちまうだろうよ。男は犬みたいに飼われて餌《えさ》を待つだけだ」

「どうしたらいいんだよ……」

飴売りの声が震えた。

「祈るんだ。昨日までは蝦夷に逃げればいいという説もあった。だが、もっとかんたんな手がある。悪魔の大砲に狙われないためには、呪文《じゅもん》を唱えればいい。『いえす』ってな」

「い、いえす？」

「昔、木挽町のえらい先生から聞いたことがある。『いえす』ってのは異国の神さまの名前なんだ」

もちろん、佐久間象山から得た知識である。

「お釈迦《しゃか》さまじゃだめか？」

「向こうにもいろいろ事情がある。北町奉行所と南町奉行所みたいなもんだ。縄張りが違うのさ。だいいち、お釈迦さまは異国語を話せないだろ？」

「そりゃそうだろうな」

「だから『いえす』だ。唱えると、相手の力が抜ける。こっちから殴っても、もう一発殴ってくださいというくらい、ふぬけになるらしい」

「ほんとかよ？　異国人ってのは変わり者だな」

「黒船が来たら、『いえす』と唱えながら、指を十字に重ねる。これを忘れちゃならねえ」

目の前で両手の人差し指を十字架のように重ねて銀次は『いえす』とささやいた。

「いえす……」

「惜しいな。印がちょっと違う。詳しいやり方はかわら版に書いてあるから買ってくれ」

「なんだよ。けちけちしないで教えてくれよ」

「けちはどっちだ。たった三文で異国人に勝てるんだ。買わなきゃ損だぜ」

「くそっ。買った！」

「ありがとよ。これであんたの命は助かったぜ。これを知ってるか知ってないかが生死の分かれ目だ。いいか。他の奴に見られんなよ」

飴売りはかわら版を受け取るとさっとたたんで懐に隠した。一人が買うと、どっとほかの野次馬たちもかわら版を買い始める。

代金を革の巾着に入れると、ちゃりーんと気持ちのよい音がした。

銀次はつづけた。

「さあさあ、地獄の黒船の難を逃れる算段が見つかったよ。夜逃げしたって大砲は追ってくる。ところが不思議、このありがたい呪文を唱えれば、大砲を撃ってこないという寸法だ。長年の泰平で寝ぼけまなこのご公儀よりも、よっぽど効き目があるよ、さあさあどうだ！」

「おい、一枚くれ！」

「はいよ！　毎度あり」

客の手が次々と伸びてくる。

新しい黒船のネタの反響は大きく、瞬く間に三百枚ほど売れた。黒船の話ならどんなことでも知りたいという勢いだった。

「今日も売れたね！」

「黒船さまさまだ。さて、明日のネタはどうするかな。そうだ、『アメリカの年貢は八公二民、武士の刀も役立たず』で行くか！　みんな震え上がるぜ」

銀次が高らかに笑って続けた。

「行くぞ、芳徳」

「えっ、まだ客はいそうだよ？」

「もうすぐ大和屋が来る。思い知るがいい」

銀次と芳徳は神田から素早く引き上げて、一路、自分たちの縄張りである深川を目指した。

そのあとすぐ神田に大和屋が来たが、彼らの声に足を止める者は多くなかった。銀次のどぎつい話のあとではさすがに刺激が少ない。売り子の太次郎は手ごたえのなさに首をひねった。

＊＊＊

ペリー率いる黒船が浦賀から江戸湾に五里（約二十キロメートル）ほど侵入した翌日、江戸城の御用部屋に老中たちが蒼白な顔をそろえていた。

「どうすればよいのだ」

老中首座の阿部正弘《まさひろ》が長いため息をついた。たるんだ顎の下の肉を無意識にもむ。

このとき集まった老中は、阿部の他に、牧野《まきの》忠雅《ただまさ》、内藤信親《ないとうのぶちか》、久世《くぜ》広周《ひろちか》、松平乗全《まつだいらのりやす》、松平忠優《ただます》の全部で六人である。

この未曽有《みぞう》の事態にどう対応すればよいのか。

老中たちとて、清が阿片戦争に敗れ、海外列強から武力で支配されたのは知っている。

アメリカからの親書は開国の要請に違いなく、このままでは清と同じ轍《てつ》を踏むことになってしまう。

朝から三刻（約六時間）ぶっ通しで話し合っても結論は出なかった。

議論の合間に、阿部正弘が一枚の粗末な紙を取り出した。

「その上、この騒ぎだ」

その紙の左側には魔物のような姿をした黒船の絵があった。

「巷《ちまた》で評判のかわら版ですな。極楽屋、と書いてあるが……」

松平忠優が言った。

「不埒《ふらち》な奴め。これでは幕府の威信が丸つぶれではないか。なにが『やがて上さまが異国人になる』だ！」

内藤信親が吐き捨てた。

「ひっ捕らえればよいではないか。かわら版屋など」

松平乗全が言う。

「いや、かわら版はこれだけではない。いろんな場所で毎日売られている。もっとも、これはその中でも最もひどいものだが」

阿部は魔物のような黒船の絵を見つめ、ため息をついた。

「かわら版屋はともかく」久世広周が言った。「いいかげんペリーに返事をせぬと、どんどん江戸に近づいてきますぞ。万が一、江戸城に大砲でも打ち込まれたら幕府は瓦解《がかい》するかもしれぬ」

「しかし国を開いて条約を結んだら、やはり清のようになるのではないかと……」

牧野忠雅が、額の汗を拭《ふ》いた。

「上さまのお考えはいかがか」

ようやく松平乗全が聞いた。今まで避けていた話題だった。

阿部はしずかに首を振った。

十二代将軍徳川家慶《とくがわいえよし》は、もともと病弱ではあったが、このごろは前にも増して政から遠ざかり、趣味の絵画に没頭していた。重臣たちが何か相談しても「よきに計らえ」「そうせいそうせい」などと気のない返事をするばかり。昨夜、阿部からペリー来航の話を聞いたときは卒倒して寝込んでしまった。

まるで頼りなく、老中たちも、もはやあきらめるしかないと悟った。

今や日本の未来は、この六人にかかっている。

「松代藩の海防掛顧問、佐久間象山によると、海軍のない日本は、まず勝ち目はなかろうということだ」

阿部がつぶやくように言った。

ペリー来航により、いそぎ浦賀へ派遣された佐久間象山は、幕府に〈急務十条〉を提出した。そこには「外国勢と対決するには、最新の軍艦や大砲、そして訓練された水軍が必要である」などと書かれてあった。

江戸幕府にはそんな備えはない。せいぜい、蘭学に精通している地方の大名が大砲を買い求めたり、独自に船を造ろうと試みたりしているだけである。

「斉彬《なりあきら》にも聞いてみたいのう」

阿部がふと漏らした。最も有力な外様《とざま》大名である薩摩《さつま》藩の藩主、島津《しまづ》斉彬のことである。斉彬はいち早く洋式船の建造を命じ、反射炉や溶鉱炉の建設も進めている革新派だ。

「何かおっしゃいましたか」

内藤が聞いた。

「いや、なんでもない……」

不用意なことを言うとすぐに揚げ足を取られるため、阿部は口をにごして続けた。

「国書くらいは受け取らねばさすがに角が立つ。しかし上さまがご病気ゆえ、親書の内容に対して返事はできぬ、快癒《かいゆ》されてから返事をするということでと取り繕うのはどうか。そうだな、一年くらいあとで……」

阿部が案を出した。

「なるほど。それはいい」

老中たちはほっとして、問題の先送りに同意した。上さまが臥《ふ》せっているのは嘘ではない。時がたてば老中も変わる。難しい問題は、新しい老中に任せればいいという意図が透けて見える者もいた。

しかし阿部正弘は違った。元服前から俊英といわれた阿部は、今のままの幕府では日本は滅ぶと悟っていた。

いずれ外国とも戦わねばならぬときが来る。干物のようになってしまった徳川幕府だけで難局を乗り越えることはできない。

「次にペリーが来るときまでに日本が一丸とならねば、この難事には対処できぬ」

「どういうことですかな、阿部殿」

内藤信親が訝《いぶか》しんで聞いた。

「広く、みなの意見を募ってみよう。譜代や外様を問わず、大名すべてにな。何か思いもよらぬ解決策があるかもしれぬ」

「なんと……」

他の老中たちは驚き、言葉に詰まった。

それでは徳川一極体制が崩壊したも同然である。

しかし阿部は続けた。

「この庶民のかわら版を見よ。黒船がアメリカの船だと、素早く察知し、身を守る対処法まで書かれている」

かわら版をふたたび手にした松平乗全は苦虫を嚙みつぶしたような顔になった。

「なにが『いえす』だ。耶蘇《やそ》教は禁じられておるのに」

「しかし我らも敵を知らねばならぬ。孫子《そんし》の兵法にもあるだろう。敵の武器だけでなく、敵の暮らしや心情も推し量らねばならない。そのためには耶蘇教を知るのもよいかもしれない。日本全国の知識を結集するのだ。話し合いで避けられる争いなら、そのほうがよい」

阿部が言った。かわら版には『幕府があてにならない』と書かれていたが、それは阿部自身が一番よくわかっていた。島津斉彬のような俊英を全国から集めるしか勝ち目はない。

＊＊＊

黒船が再び日本にやってきたのは嘉永七年（一八五四）、一月十六日のことである。

銀次は芳徳とともに象山のところへネタ集めに行ったおり、ちょうど幕府の急使が駆けつけてきた。

「いよいよ来よったか」

象山が腕を組んだ。

「やけに早いですね」

銀次は首をかしげた。ペリーは幕府から待つように言われた一年という期限よりも、はるかに早く戻ってきている。

「どうするの、銀次？」

「もちろん行く。今度は正念場だ」

いよいよ日本は開国の要求に正式な返答をせねばならない。

二月から三月にかけて、公儀によるペリーの応接が横浜村《よこはまむら》で行われた。黒船の威圧の前に、幕府は弱腰だった。

銀次たちはすぐに出発し、夜通し歩いて横浜に着いた。

港に向かうと、あたりは押すな押すなの大盛況だった。黒船は祝砲という名目で空砲を撃ち続けている。季節外れの花火のようだ。幕府は脅威と捉《とら》えているだろうが、庶民はその華やかさをむしろ喜んでいた。

銀次が旗本の中間《ちゅうげん》たちにあたって情報を集めたところ、ペリーが予定より早く戻ってきたのは、将軍家慶の死を聞きつけ、交渉を押し切る好機と見たからだろうとのことである。

「抜け目のない野郎だ」

日本の近海を我が物顔で航行する黒船を見つめながら、銀次は舌打ちした。

「ペリーは日本を見張っていたんだね」

「日本の中に、敵に通じている者がいるのか、それとも出島のオランダ人から話が漏れてるのか……」

「おいらたちのかわら版も読んでたりしてね」

「まさかな」

極楽屋のかわら版では、将軍が亡くなったことも、しっかり報じている。

「しかし油断ならねえ。日本は勝負所だ。こっちも相手の情報を徹底的に集めてやる」

銀次が戦うわけではないが、熱くなっていた。世の中では蘭学を修めた若者たちが「開国だ」「いや攘夷《じょうい》だ」と騒ぎ始めている。十五年前には医者の高野長英《たかのちょうえい》や絵師の渡《わた》辺崋山《なべかざん》が鎖国を批判し、投獄されたこともあった。

外国と戦うのか。

戦うならどう戦うか。

策を立てるにも、まずは外国の情報が必要だろう。

黒船の乗組員四百人ほどが我が物顔で上陸し、横浜港近くに急造された応接所に入ってゆくのを見ながら、銀次は歯がゆく思った。

「やっぱりアメリカの言うことを聞くしかないのかな」

芳徳がぽつりと言う。

「戦で負けたらなんでも相手の言うなりさ」

「琴若さんも、水茶屋のおきんちゃんも、きっと妾《めかけ》にされるね……」

「くそっ、そんなことさせるか！」

しかし現実には十分起こりそうなことである。

戦国時代にはその土地を治める侍が敗北しても、次に支配するのは同じ日本人だった。しかし支配者が異国人となるのは、どこか不気味な恐ろしさを感じる。

「おい、応接所に行ってみよう」

「入れるかな？」

「のぞくくらいはできるんじゃないか？」

しかし銀次たちはペリーの姿すら見ることができなかった。警固の侍たちがしっかり周りを固め、一般の民衆はとても立ち入ることはできない。

「くそっ。このまま帰ったんじゃ、前と同じになっちまう……」

「どうしようか？」

「こうなったらあれに乗るしかねえか」

銀次は黒船をにらみつけた。

「黒船に⁉　無茶だよ。っていうか、どうやって乗るの？」

「小さな舟で近づいて、這い上がるんだ。それしかねえ」

「危ないよ。大砲で撃たれるんじゃない？」

「いきなりはぶっ放してこないだろうよ。いちおう、日本と国交を結ぼうってことで来てるんだから」

「そうかなぁ」

芳徳が心配そうに言った。

「虎穴《こけつ》に入らずんば虎児を得ず、だ」

もちろん銀次もわかっている。笑顔で近づいてきても、列強の諸国は牙《きば》を隠し持っているだろう。インドや清に対する侵略を見れば明らかだ。

今回、日本にやって来たペリーの艦隊の数は九隻に膨れ上がっていた。すべての大砲が火を噴けば、湾岸部の村々はひとたまりもない。象山が海防の重要性を言い立てるわけである。

「まずは舟を手に入れるぞ」

銀次たちは夜釣りに行くと言って金を積み、漁師に舟を貸りた。さっそく釣り竿《ざお》をかついで小舟に乗り、暗い海に漕《こ》ぎ出す。

「竿なんて必要なの？」

芳徳が聞く。

「異人に捕まったときに言い逃れできるだろ。もっとも釣るのはもっとでっかい獲物だけどな」

銀次は我知らず笑っていた。いよいよあの黒船に乗るのだと思うと、わくわくする。

しかし漕ぎ出してみると、沖は思ったより風が強く、波も高かった。

「なんか酔ってきたよ！」

芳徳が悲鳴を上げる。

「酔ったら吐け。楽になる」

「ひどいなぁ」

提灯《ちょうちん》を持つ芳徳の手が震えている。

銀次が力一杯漕いでいると、沖の黒船の光に少しずつ近づいていった。あの光の中に異人たちがいる。

ようやく黒船の輪郭が近づいてきたとき、ごんと大きな音がした。

「なにがあった？」

「何かにぶつかったみたい。流木かな」

芳徳は海面に提灯を向けた。

「あっ、舟だ。誰も乗ってないみたいだけど……。なんでこんなところに？」

「どうでもいい。ほっといて行こう」

遠ざかっていく小舟をあとにして、銀次はふたたび舟を漕いだ。黒船がさらに近づいてくる。

「明かりを消せ」

「うん」

提灯の火を吹き消すと、黒船のすぐ近くに漕ぎ寄せた。窓から漏れた丸い光がいくつも並んでいる。

光を避けるように船尾のほうに回った。窓から明かりが漏れ、海面を薄く照らしている。

船の駆動力たる外輪は止まり、碇《いかり》を下ろしていた。

銀次は船縁《ふなべり》めがけて、用意してきたかぎ縄を投げた。鋤《すき》の先っぽに縄を結んだものである。

「行けっ！」

かぎは夜空に弧を描き、見事に船縁にかかった。

「釣れた！　大物だぜ」

「ほんとに行くの、銀次？」

船の明かりに照らされた芳徳の顔がかすかに青ざめている。

「こんなとこまで来て何言ってる。ネタは目の前だぞ」

「でもさ。殺されるかも……」

芳徳の歯がカチカチ鳴った。

「俺にはどんな奴でも言いくるめる口がある。大丈夫だ」

「だって異国の言葉はしゃべれないでしょ？」

「日本語をしゃべれるやつくらいいるだろう。日本と交渉しようっていうんだから」

銀次が自信満々に言った。

「そうかなぁ……」

「出たとこ勝負だ。それより舟をしっかり舫《もや》っとけよ」

「うん」

縄を小舟の舳先に結びつけ、銀次と芳徳は這い上った。船縁をつかんであたりを見回し、えいやと甲板に飛び乗る。下は木の板だった。

「よしよし。こいつが黒船か」

胸に誇らしさが湧《わ》き上がる。幕府すら恐れる黒船に乗り込んだのだ。

去年のようにただ岸から見ているだけじゃない。

芳徳は小舟とつないだ縄を、素早く船縁の出っ張りに結びつけた。

「芳徳。船のようすを頭にたたき込んどけよ。大和屋が嫉妬して川に飛び込むくらいの絵を描いてやれ」

「うん！」

芳徳の目が絵師のそれになった。甲板はやはり大和屋の描いたものとは別物だった。

黒船は波に揺られ、ぎいぎいと音がする。あたりには松脂《まつやに》のようなにおいがかすかに漂っていた。

「さて、入り口はどこだ？」

銀次が前甲板のほうに移動しようとしたとき、

「Ｗｈｏ ａｒｅ ｙｏｕ？（何者だ）」

と、声がした。

「ん？」

振り向くと、小銃を構えた異国の船員がいた。見上げるほど背が高い。

「よおっ！ アメリカからはるばるご苦労さん。俺は銀次ってんだ」

銀次はにっこり笑った。見つかってしまったが、前に遠くから黒船を見たときは船員たちが手を振ってくれたものだ。

「Ｆｒｅｅｚｅ！（動くな）」

「そうか、あんたは日本の言葉がうまく言えねえのか」

「やっぱり話なんて無理だよ！」

銀次の背中に隠れた芳徳が言う。

「Ｗｈｏ ａｒｅ ｙｏｕ？」

「ああ、俺か。きちんと挨拶《あいさつ》をしとかなきゃな」

銀次は、ずいと身をかがめ、片足を半歩ひいた。

「お控えなすって」

「Ｗｈａｔ？」

「手前、生国と発しまするは武蔵国《むさしのくに》。深川は富岡八幡宮《とみがおかはちまんぐう》で産湯をつかい、屋号は極楽屋、名は銀次と申します。以後、見苦しき面体をお見知りおきくださり、万事お引き立ての程、よろしくお願い申しあげます」

　銀次はぴしりと仁義を切った。

　しかし船員は返礼をしなかった。

「I　d o n ' t　u n d e r s t a n d　y o u !（なにを言ってるかわからない）」

「挨拶したのに、なんで怒ってやがるんだ？」

「A r e　y o u　a　t h i e f ?（お前は泥棒か）」

　船員が怖い顔になった。

「アーユー……。鮎《あゆ》か？　どっちかっていうとめばるだな。俺たちゃ魚を釣ろうとしたら、うっかり迷い込んじまって……」

　用意してきた言い訳だが、日本語はさっぱり通じない。言い合っているうちに、声が聞こえたのだろう。他の船員もやってきた。

「しょうがない。本当のことを言うか……。俺たちゃ、かわら版屋だよ。こういうやつ」

銀次は懐からかわら版の見本を取り出そうとした。

「Ｓｔｏｐ！（やめろ）」

「『すたっ』って……。どういうことだ？」

銀次は芳徳を見た。

「『下』じゃない？　ほら、参勤交代で『下に～、下に～』ってやつ」

「生意気な野郎だ。……でもここは下手に出るか」

銀次は甲板に手をついた。

「ははあっ」

「Ｃａｔｃｈ　ｔｈｅｍ！（捕まえろ）」

船員の声で、みながとびかかってきた。

「うわっ、やめろ！」

「銀次、怖いよ！」

「大丈夫だ。話せばわかる！」

しかし考えてみれば、その肝心な話ができないのだった。なすすべもなく二人は甲板下の暗い船室へと連行された。閉じ込められ、外から鍵《かぎ》をかけられる。

「おい、話を聞いてくれ！」

しかし返事はない。

「どうなるの、銀次？」

「さあ。食われるか、撃たれて鮫《さめ》の餌になるか……」

「嫌だよ、そんなの！」

「任せとけ。とっておきの手がある」

「どうするの？」

「ま、見てろって」

話しているとすぐに、先ほどの船員と一緒に、上役とおぼしき顔の長い男が来た。

その手にはリボルバーの銃が握られている。

「Who are you？」

顔の長い男が銀次たちに銃を向けた。

「鮎……。どうしてそう魚にこだわるんだ？」

「銀次、早くなんとかして！」

「よ、よし」

船員たちを見つめ、銀次は指先を十字に組み合わせ、力いっぱい叫んだ。

「いえす！」

「……What?」

顔の長い男が首をかしげた。

「おっ、効いてる、効いてる！　やっぱり異国の神さまの名を出すと、効果てきめんだな」

銀次が喜んだ。

「Are you thieves?（お前たちは泥棒なのか）」

「いえす、いえーす！　……おい芳徳、お前も早く言え！」

「いえす！」

芳徳も満面の笑みを浮かべて言った。

「Yes?（はいだって？）Do you want to die?（死にたいのか）」

「いえす！」

銀次と芳徳が力いっぱい声をそろえた。

顔の長い男が首をかしげ、船員と何か話し始める。

「ほらみろ。効いたぜ。ふぬけになりやがった」

銀次が言った。

「ほんとに効くなんて……」

芳徳が信じられないというような顔をしていた。

「これからは仏教じゃなくて耶蘇教の時代が来るかもしれねえな」

銀次たちは知る由もなかったが、そのとき黒船の船員たちはこんな話をしていた。

「泥棒だと素直に白状するとはな。しかも殺してくれとは……」

「日本人は変わった種族のようですね、ペリー提督」

「罪を認めたのだから仕方ない。殺すか」

「でも日本とは和親条約を結んだばかりです。事を荒立てるのもよくないでしょう」

「ふむ……。とりあえず閉じ込めておくか。帰りに沖で捨てればいい」

顔の長い男、ペリーはそう言うと、銃をしまい、部下たちと出て行った。

「おいっ、出してくれよ！　もう帰るから」

銀次が叫んだが、もう誰も来なかった。

「どうなるのかな」

芳徳が不安そうに言った。

「アメリカに連れて行かれたりしてな」

「やだよ、そんなの！」

芳徳が泣きそうになったとき、船室の奥から声が聞こえた。

「騒々しいな。少しは静かにしたらどうだ。人の船だぞ」

「えっ？」

銀次は振り向いた。たしかに日本語だった。誰か日本人がいるのか――。

目を凝らすと、部屋の奥の暗がりに二人の武士が座り込んでいた。

「なんだ、あんたら。こんなとこで何してる？」

「それはこちらの言うことだ」

二人の男のうち、目の細い、賢そうな一人が言った。

「あんたら役人か？」

だとするとまずい。黒船に勝手に乗り込んだことを知られては、捕らえられるだろう。

しかし男は言った。

「我らは浪人よ。子細があってここにおる」

「浪人？　なんだ……」

ほっとした。ただの浪人なら捕まる恐れはない。ただでさえ御法度のかわら版屋である。

「それで、お主らは何をしておる」

細い目の男が続けてたずねた。

「俺たちはかわら版屋さ。黒船の中を見物してやろうと思ってな」

「なんと……。ただの野次馬と申すか」

男はあきれたようすで言った。

「野次馬で悪かったな。てめえこそ、なんだ。お宝でも盗みに来たのか？」

「愚か者。泥棒と思われておるのはお主たちのほうだ。殺されるかもしれんぞ」

「ええっ！　ちゃんと『いえす』って言ったのに……」

「怖いよ、銀次……」

芳徳が震えだした。

「大丈夫だ。言葉の通じるやつがいればなんとかなる」

銀次は平然を装った。

「馬鹿め。そんな汚い格好で忍び込んで来おって。泥棒にしか見えんぞ。日本の恥だ」

「そうかい？　わりと気に入ってるんだが」

銀次は一張羅の紺の袷を見た。白い雲の文様が粋《いき》だが、船をよじ登ったせいで油の汚れがつき、裾《すそ》も少々ほつれている。

「参ったな、こりゃ」

「本当にしょうがないやつらだ」

「くどくどとうるせえな。あんたら何者なんだ。何しに来た？」

「我らはアメリカに渡ろうと思っている。それゆえこの船に直接、頼みに来たのだ。アメリカまで乗せてもらおうと思ってな」

男が言った。

「へえ……。度胸あるな、あんた」

こっちを攻めてくるような異国に行きたがるとは、ずいぶん肝が太い。しかも相手の船に押しかけて頼み込むとは法外である。

「アメリカに行って何をするつもりなんだよ」

「決まっておる。文明の進んだ国に行き、さまざまな社会の仕組みを学び取って来るのだ。その学業を日本で生かす」

「へえ。あんた象山先生みたいなことを言うな」

「なに？　お主、象山先生にお会いしたことがあるのか」

男が驚いたように聞いた。

「あるともよ。俺は五月塾の常連だ」

銀次は胸を張った。

「なんと……」

「先生とは長いつき合いよ。いわば愛弟子《まなでし》だ。今、幕府で人気の勝麟太郎ってやつも俺の舎弟さ」

調子に乗って銀次はさらに言った。

「勝殿が舎弟だと？　私も五月塾には通っていたが、お主など見たこともないぞ」

「えっ、あんたもいたの？」

塾の二階には武士が学ぶための部屋がある。そっちにはほとんど顔を出していない。

「じゃあ、すれ違ってたんだな。俺はなにかと忙しいからよ」

銀次は慌ててお茶を濁した。

「私は長州《ちょうしゅう》浪人、吉田松陰《よしだしょういん》。後ろで休んでいるのは供の金子重輔《かねこじゅうすけ》だ」

「へえ……。俺は、極楽屋の銀次ってもんだ。こいつは絵師の芳徳。今度会ったら象山先生に言っとくよ」

「私は象山先生の勧めで黒船に来たのだ」

「なるほどな。やっぱり先生は人気がある」

「しかしお前は無茶なやつだ。英語もしゃべれぬのに、黒船の見物に来るとは。命は惜しくないのか」

「いちいち説教すんなよ。あんただって似たようなもんだろ」

「私には志がある。知見を広め、日本を救う。お主はいわば、ただの野次馬だろう。目的がない。それでは禽獣《きんじゅう》と同じではないか」

「禽獣だって？」

「獣のことだよ」

芳徳が耳元でささやく。

「なんだと！」

「お前にあるのは本能だけだ。人を人たらしめるのは志だ。理想もなしに動くのは愚かなことよ」

松陰が言った。

「へっ。俺にだって理想はあるぜ。かわら版で庶民に日本の危機を知らせるんだ。いわばニューズペイパーだ」

「ニューズペイパーだと？」

松陰の目が大きく見開かれた。

「いずれ日本も民の国になる……。庶民が正しい情報を知ることは何よりも大事だ」

象山から聞いた話を必死に思い出しながら、銀次はわけ知り顔で言った。

「さすが象山先生だ。このような下賤《げせん》な男に教養をつけるとは……」

「下賤ってなんだよ。そっちだって浪人のくせに」

「お主……、なんのために生きておる」

「は？」

いきなり問われた。そんなことは考えたこともない。

「まあ、飯か女のためだろうなぁ」

銀次は少し考えて言った。

「それみよ。やはり志がない。立志なくしてそれでも男子か。人はその生まれ出《い》でたるところに責務があるのだぞ」

松陰が言った。

「知らねえよ。俺は親に捨てられた身だからな。やりたいよう好き放題に生きてやるんだ」

「そうか……」

松陰が憐《あわ》れむような眼《め》で見た。

「世の中はお前が思っているほど悪くないものだ」

「は？　どういうことだよ」

「お前の親は悪かったかもしれぬ。しかし他の人間が悪いとどうして言える？　むしろ善良な人間のほうが多い。それを知らぬから好き放題生きるなどと言えるのだ」

「てめえ、俺がどんなに嫌な目にあったか知ってるのか？」

銀次はむっとした。他人の家で小さくなって暮らさねばならなかった苦労がわかるものか。

「知らぬ。だがお主は一人で育ったわけではあるまい。お主がおぎゃあと泣けば、まわりの誰かが乳をやり、飯を作り、下の世話をして育てたのだ。お主の泣き声がうるさくて眠れなくても、まわりの者はみんな我慢したはずだ」

「そりゃまあ……」

自分を育ててくれたのは隣に住んでいた与作じいさんだった。無口で愛想のない男だったが、自分が荷役でなんとか稼げるまで飯は食わせてくれた。どうせ自分の亡くした子供のかわりだろうと思っていたが、そうだとしてもずいぶん手間はかかったはずだ。

松陰は続けた。

「人はそうやって生まれたところとつながり、恩を受けたり与えたりして生きていくものだ。今までは嫌な目にあったかもしれないが、世に出ればいいこともある。佐久間先生に出会うなど幸運もいいところだ。地方に住み、学を得られぬ者もごまんといるのだぞ」

「たまたま縁があっただけだろ」

銀次はそっぽを向いた。

「そう、それは運だ。悪い親に当たるのも運。良き師に恵まれることも運。だから一つの悪運にとらわれることはない。それは損な生き方だ。運に一喜一憂せず、己を磨いてその手に職を持ち、人の役に立って給金をもらい、飯を食う。子供にそれを受け継ぐ。それで円が閉じる。人のために役立とうとする志を持ってこそ人間といえるのだ」

威厳ある言葉の端々にどこか優しさも感じた。いつのまにか銀次の背筋は伸びていた。

ここまで人の生き方を真摯《しんし》に教えてくれた大人はいなかった。どこか気持ちが明るくなる。この男はどういう男なのか――。

しかし言い負かされたようで悔しくもあった。

「ちょっと待てよ、あんた」

松陰の弁舌に押されつつも、銀次の口がまわり始めた。

「あんた、この黒船に乗るために小舟を使っただろう」

自分たちの舟が衝突した小さな空舟はきっと松陰のものに違いない。

「たしかに我らは弁天島《べんてんじま》から渡ってきた」

「その小舟、どうやって手に入れた？」

「浜にあった漁師の舟を拝借した」

「なんだ。盗んできたんじゃねえか」

銀次は笑った。

「盗んだのではない。しかと返す」

「返すったって、舟は流されてたぞ」

「それは、返すつもりだったが、拿捕《だほ》されてどうしようもなかったのだ」

「志だのなんだのと言ってたが、あんたは漁師の暮らしをまるで考えてねえ。舟がなければ漁に出られず、飯も食えねえんだぞ。あんたの大義だけが大事だと思っているのか」

「決してそんなことはない」

「ふん。これだから侍は駄目なんだ。ちゃんと仁義を守りやがれってんだ」

「ふむ……。私にも驕《おご》りがあったのかもしれぬ。謝るべきところは謝らねば」

松陰の眉間《みけん》にしわが寄った。深く反省しているように見える。

（こいつ、素直な奴だな）

厳しい男だと思ったが、自分にも厳しい公平な男のようである。

「まあまあ銀次。あとで舟をなくした漁師を捜して弁償すればいいでしょ」

芳徳が言った。

「ま、そうだな」

責めた銀次がなぜかとりなすように言った。

「あんたらアメリカに行くっていうなら、今、舟の弁償できるくらいの金を出せよ。かわりに払っといてやるから」

「だめだよ。銀次はネコババするかもしれないだろ。おいらが預かっとく」

芳徳が素早く言った。

「馬鹿、誰がくすねるか！」

「ネコババしなくても預かったことを忘れるだろ」

「そんなことあるわけ……。あるかな」

銀次は苦笑いした。

「心配するな」松陰が言った。「我らはアメリカには行けぬ。ペリーに断られたのだ」

「えっ、そうなの？　そりゃ残念だったな……」

この男がアメリカに行けばきっと面白い土産話を聞けたような気がする。そうでなくても象山と三人で話してみたい。

「ペリーは夜が明けたら我らを海岸まで送ってくれるそうだ」

「あんた、異国のやつらと話すことができるのか？」

「話すことはあまり得意ではないが筆談ならできる」

「へえ、たいしたもんだ」

松陰は長州の浪人だと言ったが、さぞかし名のある男なのではないか。

翌日、ペリーたちが部屋に入って来た。松陰と従者の金子を日本に帰すという。

「ペリーさん。お別れです」

松陰が言った。アメリカ人通訳が間に立って、話をする。

「大変残念だ、松陰。君は教養のある人物で、物腰も非常に洗練されている。君を連れて行ってもよいのだが、日本政府と和親条約を結んだばかりの時期だから、我々は慎重にならねばならない」

「わかっています。こちらこそ無茶なお願いでした」

「しかしな、君を見るに、日本人というのは知識欲豊かで、将来、文明的な国になる可能性を秘めていると思う。国同士の交流を楽しみにしている」

松陰とペリーはがっちりと握手した。

「あれがペリーだ。顔を覚えとけ」

銀次が芳徳に耳打ちした。

「うん」

「よし、行こう」

銀次たちが松陰たちに続こうとすると、行く手を遮られた。

「なんだよ？」

「あなたたちは帰れない」

通訳が言う。

「は？　俺たちは泥棒じゃねえぞ！」

「昨日、自ら認めたと聞きましたが……」

「違う違う。通じてねえ。俺たちはニューズペイパーの記者だ」

「ニューズペイパー？」

「見ろ、これを」

銀次は書きかけのかわら版の下書きを見せた。挿絵は地獄の黒船である。

「なんですか、この落書きは？」

「かわら版だよ！　飛ぶように売れたんだぞ」

「ちょっと待ってください」

通訳が英語でペリーに何か説明したが、ペリーは首を振った。

「やはりあなたたちは帰れないそうです」

「えっ、じゃあ俺たちアメリカに連れていかれんの？」

「それは……」

通訳は言葉を濁した。

「まさか、殺すつもりか？」

「銀次、どうしよう……」

芳徳が震え上がった。

「松陰、あなたたちはこちらへ」

通訳がいざなった。

「待てよ！」

動こうとした瞬間、船員たちの小銃が向けられた。思わず目を閉じる。

「待ちなさい」

松陰が静かに言った。

「この者たちは私の同胞だ。一緒に帰してもらいたい」

「しかし……」

「松陰。この人たちはこの船の絵を描いていた。スパイかもしれない」

通訳が言う。

「違う。この者たちはたしかにニューズペイパーの記者だ」

「そうだそうだ」

銀次がかわら版を突きつけた。

「松陰。これがニューズペイパーに見えますか？」

「たしかに稚拙だ。言葉が乱暴だし、字も汚い。だが船に乗りこんでまで庶民にこの船のことをつぶさに伝えようとしていた」

「稚拙ってなんだよ。敵か味方かわかんねえ……」

「この者たちを降ろしてやってくれ」

松陰が頭を下げた。

通訳がペリーのほうを向く。

しかしペリーは首を振った。

(こうなりゃ一《いち》か八《ばち》か逃げるしかねえ)

銀次が意を込めて芳徳を見たとき、松陰が言った。

「この者たちを殺す気なら、先に私を殺しなさい」

「しかし……」

通訳が言葉に詰まった。

「ちょっと待てよ。あんたには関係ないだろ」

銀次が慌てて言った。

「銀次、邪魔をするな。これは私の志だ。粉骨砕身、人の役に立つというな」

「うるせえ！　さっさと船を降りろ。自分のことは自分で何とかする」

なぜか涙があふれた。なぜこの男は会ったばかりの他人のために命をかけるのか。

(こんな人が俺の父親だったら……)

ふと、そんなことを思った。

「これも運よ」

松陰が言った。

「運て……」

「お前はお前の志を探せ。誇りを持て」

松陰は通訳に向き直った。

「無駄な殺生はするな。日本の民もアメリカの民も同じ人間だ」

通訳がペリーにその言を伝える。

ペリーがじっと松陰を見て、通訳に何か言った。

通訳はその言葉を伝えた。

「松陰。あなたに免じてその二人を帰すそうです」

「そうか。かたじけない」

松陰が頭を下げた。

「行くぞ、銀次」

「あ、ああ……。助かったのか？」

「ありがとうございます、松陰さん！」

芳徳が叫んだ。

閉じ込められていた部屋を出て、甲板に出ると、限りなく澄んだ青空が広がっていた。命が助かっただけに、いつもよりよけいに輝いていた。

「もう無茶はするなよ、銀次」

松陰が言った。

「かわら版屋ってのはいつも危険と背中合わせさ。仕方ねえ」

銀次が強がると松陰が少し笑った。

「だいたい無茶はあんただろ。みんな死ぬところだったぞ」

「命など、とうに捨てておる。志のためにな」

「じゃあ似たようなもんか」

銀次も笑った。

「忘れるな。志さえ持てばお主も志士の一人よ」

「俺が志士だって？」

「かわら版での戦もあろう。人のため、国のために働け。楽しみにしておる」

その後、松陰と金子は黒船に備えつけられた小舟で陸へと向かった。

銀次たちは舫っておいた自分たちの舟に乗って海に出た。

海は絹の反物を広げたように凪《な》いでおり、空高くカモメの群れが飛んでいる。

遠ざかる巨大な黒船を見ながら、銀次は言った。

「芳徳。俺たちのかわら版は人の役に立ってるのかな」

「うん」

「やけにはっきり答えるな」

「だってみんなかわら版を読んで笑ってるよ」

「そうか。ついでに国の役にも立てればいいかもな」

心に松陰の言葉が残っていた。

俺も松陰みたいな志士になれるのか――。

「明日のかわら版は面白くなりそうだね」

芳徳が言った。

「ああ。すごいネタだった。でも松陰たちのことは伏せておこう。ご公儀にばれたらまずいだろうしな」

「そうだね」

「黒船潜入、そして鬼大将ペリーと四天王だ。こいつは売れるぜ」

銀次が嬉しそうに笑った。

「四天王なんていたっけ？」

「馬鹿、これから考えるんだよ。白虎《びゃっこ》と朱雀《すざく》、青龍《せいりゅう》になんとやらだ。恐ろしい絵で頼むぜ」

櫓《ろ》をこぐ腕に自然と力が入った。あたりには風の歌が響き渡り、空気は新鮮で世界が新たに始まるような気がした。

江戸に帰って、さっそくかわら版を売った。

『黒船潜入！　鬼大将ペリーとの死闘！』と題したネタは売れに売れた。船の詳細はもちろんのこと、ペリーをはじめ、主だった船員たちの似顔絵もそっくりに描いた。異人の見た目や格好《かっこう》、どこに誰がいるかなど、まるで目の前で見ているかのようにわかる。

幕府の朱子学者で、アメリカの応接掛でもあった林大学頭《はやしだいがくのかみ》は、このかわら版を偶然手に入れ、内容を見て卒倒しそうになった。顔の長いペリーがそっくりそのまま絵の中で息づいている。日米の間で苦しい交渉に明け暮れた林は、嫌な記憶を思い出し、吐きそうになった。

なぜ、江戸のかわら版屋がペリーの顔を知っているのか——。

林は江戸城に登るとさっそく老中首座の阿部正弘にかわら版を見せた。

阿部もかわら版を読むなり驚きに言葉を失った。

「なんだこれは……」

阿部は評議中で、まわりには他の老中たちや、水戸《みと》藩主徳川斉昭《なりあき》、そして阿部の信頼が篤《あつ》い薩摩藩主の島津斉彬も呼ばれていた。

老中たちは黒船の詳細は林や浦賀奉行から聞いていたが、船員の配置まではつかんでいなかった。幕府の首脳すら知らないことを、江戸の町民たちはすでに鼻くそをほじりながら酒の肴《さかな》にしているのだ。

「いったい何者なのだ」

阿部がかわら版をよく見直すと、末尾に〈庶民の耳目　極楽屋〉とあった。

「またこやつらか！」

あろうことか、『大砲に怖《お》じ気《け》づいた幕府が奴隷のように接待した』とまで書かれている。

「どこかの藩の隠密ではございませぬか？」

林が眉をひそめて言う。

「いや、大名の家来にしては、書いてあることが下品すぎる」

黒船の記事以外には〈花魁うなじ番付〉とか〈大鼠《おおねずみ》捕物帳〉など、実にくだらないことが書かれてあった。

「案外役に立つのではありませんかな」

声を上げたのは、水戸の徳川斉昭であった。

「どういうことですか」

阿部が聞いた。

「このかわら版屋の目は使える。このような絵があれば、蒸気船の構造は一目瞭然《いちもくりようぜん》。公儀隠密として雇ってもよいくらいだ」

「町民にそのような大役が務まるものですか」

阿部が言う。

「この二百年すっかり眠りこけていた侍が何の役に立とう。今はもはや商人や町人の天下よ。侍の取り柄の武力も黒船の大砲に脅されてかたなしとあってはな」

「ずいぶんなことをおっしゃいますな」

阿部が不機嫌になった。もっとも徳川斉昭は、気性の荒いことで有名で、のちに〈烈公〉とも呼ばれた。好色で素行は悪いが、身分にこだわらずに優秀な人材を見つけ出し、藤田東湖《ふじたとうこ》や戸田忠太夫《とだちゆうだゆう》などの秀才を用いて藩政の改革に成功している。

「近頃の幕府の弱腰を見ていれば愚痴を言いたくなる。むしろこのかわら版屋のほうが黒船に怖じず威勢がよいではないか」

もともと水戸家は、将軍家が間違った方向に走ったとき、それをいさめる立場にある。水戸の副将軍たるゆえんだ。また、水戸藩により生み出された〈水戸学〉は、尊皇攘夷の思想を根本とし、外国に無理矢理門戸を開かれるなど、もってのほかだった。

「しかしこのようなことを許していては幕府の威厳が……」

「さんざん大砲を撃たれ、威厳などとうに失われているだろう」

斉昭が鼻で笑った。

島津斉彬はじっと目を閉じて話を聞いている。

「それよりも今後のことでござる」老中の久世広周が言った。「アメリカだけではござらん。ロシアのプチャーチンもまた開国を迫ってきている。せっつかれて、他国と条約を結ぶときはロシアとも同等の条約を結ぶと約束してしまったのだ。日米和親条約のことを知れば、必ずその約束を持ち出してこよう。これをどうするか……」

「久世殿」

阿部は小さく首を振って、部屋の真ん中にある大火鉢から火箸《ひばし》を取り上げた。『引延』、と字を書く。すなわち引き延ばしだ。御用部屋で内密を要する話をする際は、諸藩の隠密の盗み聴きを恐れ、火鉢で筆談するのが老中たちの習わしであった。

その後、ロシアに対する具体的な対応や、日の丸の幟《のぼり》を日本総船印とする事などが話し合われた。

ひとり、ほぼ黙していた島津斉彬は、話し合いが終わるとまっさきに老中御用部屋を退出した。城を出ると下乗門で駕籠《かご》に乗る。

大手門を出るとすぐ、供の者に声をかけた。

「吉之助《きちのすけ》。深川あたりに極楽屋というかわら版売りがいるらしい。黒船について何かをつかんでいるようだ。さぐってみてくれ」

「御意」

吉之助と呼ばれた巨漢が静かに駕籠を離れ、急ぎ足で東に向かっていった。

そのころ、銀次と芳徳は象山の五月塾にいた。

「黒船に乗り込んだだと？」

最新のかわら版を手にしながら象山が呆然《ぼうぜん》と銀次を見つめた。

「ちょいと苦労したけど、この目ですっかり見てきましたよ。ま、言葉が通じなくて困ったけど、なんとかなったし」

銀次が楽しそうに言った。

「お主、ペリーにも会ったのか」

かわら版の挿絵の真ん中には顔の長いペリーがいた。

「ああ、あの顔の長いおっさんだろ？　わりと話のわかりそうな奴だったぜ」

少なくとも松陰のことを尊敬していたように見える。

「信じられぬ……」

象山はかわら版に描かれたペリーの似顔絵を見た。象山も幕府の役目でペリーと言葉を交わしたが、その絵はまさにペリーそのものだった。

「この甲板の下の部屋はなんだ？」

象山は芳徳の描いた黒船の構造図もじっくり見て、根掘り葉掘り尋ね始めた。

「そこは物置です。そっちの広い部屋はみんなで飯を食うところみたいだったな」

「ここは動力室だな。どうなっている」

「そこまでは知らないよ。俺たちは閉じ込められてたんだから」

「馬鹿もん！　捕まる前にすべて見てこんか」

「無茶言うなよ、先生。相手は鉄砲を持ってたんだ。黒船に乗ったらすぐに見つかっちまうし」

銀次が笑った。

「当たり前だ。見張りがおるに決まっておる」

「うまくいったら黒船をぶんどってやろうかとも思ってたんですけどねえ。人んちの庭を好き放題に荒らしまわりやがって」

「馬鹿もん。今は相手を刺激しないことだ。蒸気船なら日本でもいずれ造ることができる。見本ももらったしな」

象山によると、ペリーは今回、親善の贈り物のひとつとして、小型の蒸気機関車を持ってきていたという。大きさは実物の四分の一程度だが、人がまたがって乗れるほどのもので、幕府の者たちが試しに乗ってみたところ、その速さと力強さに驚いたとのことであった。

「ペリーは圧倒的な文明の差を見せつけるために蒸気機関車を持ってきた。我らに劣等感を抱かせ、交渉を有利に運ぶつもりだったのだろう」

象山が言った。

「いけすかねえやつですね」

「奴らの思うようにはならぬ。機関車の実物があるなら、いずれ蒸気機関を作る者が出てくるだろう。かつて種子島《たねがしま》に鉄砲が伝来したとき、堺《さかい》や近江《おうみ》の鍛冶屋はすぐに模倣品を作った。元の鉄砲を上回る精度でな。アメリカは、日本の物作りの技を舐めている。それが我らのつけ入る隙よ」

「となると、日本でも近いうちに黒船を作れるってことですか？」

「そうだ。佐賀《さが》藩ではすでに田中久重《たなかひさしげ》という精煉方《せいれんかた》が書物を参考にしただけで蒸気機関を試作している。薩摩藩では洋式帆船を建造しているし、宇和島《うわじま》藩でも蒸気船を作ろうとしている」

「へえ、いいな。見に行こうかな」

体がぶるっと震えた。押し寄せてくる黒船に、日本中が手をこまねいているわけではなかったのだ。

「我らは鎖国していた二百年分を跳びこえ、海外列強に追いつかねばならぬ。それまではなんとしても時を稼ぐのだ。さらに文明の利器だけでなく、世界の理《ことわり》や法も知らねばならぬ。備えなきうちは決して戦をしてはならん」

「なるほど……。松陰がアメリカに行きたがるわけだ」

「なに？　お主、松陰と会ったのか？」

「ああ。黒船で一緒に捕まってね。もうちょっとで殺されるとこだったんですが、あいつがいて助かりました」

「なんと……」

象山の口があんぐりと開いた。

「松陰の足を引っ張らなかっただろうな。お前などが一緒に乗り込んだら日本の品性を疑われる」

象山があきれたように言った。

「そんなことはなかったと思うなぁ……」

実際には泥棒と間違えられたのだが、それは黙っておいた。

「いいか銀次。列強に支配されないためには、日本が高度な文明を持っていると思わせることが肝要だ。こちらに一目置かせることができれば、相手も考える。その点、松陰は日本を代表するにふさわしい立派な武士だ」

「ま、たしかに頭の良さそうなやつだし、話を聞いてると、なんだかこう背筋がぴんと伸びちまったよ」

銀次は松陰の威厳ある風貌《ふうぼう》を思い出した。

志と誇りを持てと言われたことは強く心に残っている。

「あれは、どこに出しても恥ずかしくない男だ」

「たしかにペリーも松陰のことを気に入ってたみたいです。元気にしてるかなぁ。今、どこにいるんです？」

「知らぬのか。松陰はあのあとすぐに捕らえられた。供の者と二人でご公儀に出頭してな。密航は御法度だ」

「はあ⁉　なんでそんなこと自分からわざわざ……。馬鹿じゃねえか？」

「松陰は自分の考えが正しいと思ったからこそ、堂々と自首したのだ」

象山が銀次をにらんだ。

「うーん。わけがわかんねえ」

国禁を犯せば腹を切らされるかもしれない。命あっての物種である。

「人にばれなければ何をやってもいいと考えるのは、誇りの無い生き方だ。松陰のような男こそが時代を変えることができる」

「誇りか……」

「まあ、わしの名前まで出したのはやりすぎだったがな」

象山の表情が少し曇った。

「どういうことです？」

「松陰に外国行きを勧めたのはわしだが、そのことを白状しおったのだ」

「ええっ！　まずいじゃないですか」

正直なのはいいとしても、松陰は象山まで巻き込んでいた。

「おかげで幕府からはずいぶんにらまれておる。阿部さまがなんとかおさえてくださっているが、いずれなんらかの沙汰《さた》があるだろう」

「とんだとばっちりだな、そりゃ」

銀次が顔をしかめると、象山はくすっと笑った。

「銀次。お前はそれでいい。いろいろな人間がいていいのだ」

「どう考えても俺が普通ですよ」

銀次が口をとがらせたとき、象山の居室によく陽《ひ》に焼けた侍が顔を出した。

「象山先生！　いらっしゃいますか」

「返事をする前に戸を開けるやつがあるか」

「すまんのう。やけんど、黒船に乗ったかわら版屋がおったと聞いて……。む？」

男は銀次を見て驚いた。

「おんしら、あのときの……」

「銀次。龍馬を知ってるのか？」

象山が不思議そうに聞く。その侍とはいっしょに黒船を見に行った仲だ。小ぎれいな格好をしていたので気づかなかったが、透き通った瞳は変わっていない。

「この人には最初に黒船が来たとき、紙を貸してやったんだ」

「そのかわり浦賀まで道案内してやったろう。貸し借りは無しじゃ」

龍馬が笑う。

「坂本さんもここに入塾してたんですか」

芳徳が聞いた。

「ああ。おんしの話を聞いてな。あれからときどき顔を出しちゅうで」

あのとき銀次は象山のことを紹介したが、しっかり覚えていて生かしたらしい。

「おい。まさか黒船に乗ったかわら版屋っちゅうのは、おんしらじゃなかろうな」

「もちろん俺さ。ペリーの野郎とも話したぜ」

銀次は胸を張った。

「なんとまあ……。おんしは日本一の野次馬じゃのう。ようやった！」

龍馬がばんばんと銀次の肩をたたいた。

「痛えよ！」

「すまんすまん。幕府の老中たちは、おんしのかわら版を読んでびっくりしとったそうじゃ。船の中のようすまで書いてあったからの」

「そんなとこまで俺のかわら版が届いたのか。誰が買いに来たんだろうな」

たしかに客の列には侍もいた。その中に幕府とつながっている者がいたとは思わなかったが、老中たちを驚かせたなら、気分がいい。

「龍馬。銀次はな、松陰とも会ったそうだ。一緒に捕まって閉じ込められたらしい」

象山が言った。

「なに⁉ そうじゃったか……。松陰さんは幕府に捕まってしもうたき、詳しく話を聞けんかった。黒船はどんなようすじゃった？ 聞かせてくれ」

龍馬は畳の上にどっかりとあぐらをかいた。

「いいぜ。これを見てくれ」

銀次は黒船の内部のようすが詳しく描かれているかわら版を見せ、話し出した。象山もあらためて聞き入る。

「なるほど、ええ船じゃ……」龍馬は嬉しそうに言った。「こいつがあったら世界のどこへでも行けるのう」

「なんだよ。あんたも外国を見たい口か？」

「それもある。じゃが一番に、わしは商いがしたいぜよ」

「商い？」

意外だった。黒船が金とどう結びつくのか。

「日本のものを売って、外国の品を買う。つまり貿易じゃ。それで儲けたらええきに。

みんな金持ちになれば戦なんかせんでもようなる。日本が強うなるには、道はいくらでもあるじゃろ」

「たしかにそうだ」象山がうなずいた。「しかし龍馬。ここで言うのはいいが、くれぐれも外で黒船が欲しいなどと言うなよ。無断で外国と関わるのは御法度だ。松陰のように捕まってしまっては、ますます日本のために働く人材がいなくなる」

「わかっちゅう」

「それとな。不用意にわしの名前も出すな」

それを聞いて龍馬はにかっと笑った。

「心得ちょる。わしは松陰さんほど理想ばっかり追うとるわけじゃないきに」

「理想と現実の中庸を取らぬと日本の改革はうまくいかぬ」

象山が言った。

「しかし惜しいのう。松陰さんは人物じゃった。なんでわざわざ捕まりに行くんか……」

そこは銀次も同じ思いだった。自分が正しいと思うなら、間違った幕府を正せばいいのではないか。

「坂本さん。なんとかあの人を助けられねえかな」

「おんしは一緒に捕まってそげえ仲良くなったのか」

銀次が言った。

龍馬が驚いていた。

「あの人と話してると、なんかこう背筋がぴんとするんだ。あの人は筋が通ってる。いいかげんじゃねえし、国のために志をもって働いてるって気がする」

そして銀次のことを同胞だと言って、命までかけて守ってくれた。銀次は今までそんな人間を見たことがなかった。

「そうじゃの。あの人が死んでしまうのはいかにも惜しい」

「やっぱり打ち首になるのかな?」

芳徳が聞く。

「その流れは避けられん。幕府には外国嫌いが多いからの」

「横浜でびびりながら接待してやがったくせに……」

「幕府は異国が怖いんじゃ。だからこそ嫌いなんじゃろ」

龍馬が言った。

「異国が怖い……。あっ!」

銀次はとっさにひらめいた。

「松陰を助けられるかもしれねえ……」

「どうするっちゅうんじゃ、銀次」

「坂本さん。あんたにも手を貸してほしい」

「何をするつもりぜよ」

「もちろんニューズペイパーさ」

銀次がいたずらっぽく笑った。


翌日、銀次はいつもの永代橋のたもとに立った。

「さあさあ、聞いて極楽、見て極楽、娯楽たっぷりのかわら版だよ！　なんとなんと俺らとともに黒船に乗り込んだ吉田松陰さんとペリーのお話だ」

庶民はこのところ黒船の話にすこぶる敏感である。何事かと立ち止まって聞き耳を立てた。

「この松陰さんはアメリカのことを学んでやろうと、黒船に乗り込んだ。ペリーに頼んで誰も知らないアメリカに連れて行ってもらおうっていうんだから大した度胸だ。横で見ていた俺たちも度肝を抜かれたぜ。向こうの大将はこう言って褒めた。『よくやった、黒船で廻《まわ》った国々は数あれど、ほかの国を学ぶために乗り込んできたのはお前が初めてだ、日本人というのは勇敢で、よく学ぶ立派な国民だ』ってな」

「あたりきよ。日本はそこらの国とは違うんだ」

通りがかりの小間物屋が自慢するように言った。

「俺もそう思う。ところがその松陰を幕府が捕まえちまった。鎖国の最中に密航を企てるとは何事かとな。馬鹿を言うなってんだ。泰平に鈍った幕府がぐずぐずしてるから、松陰が相手を調べに行こうとしたんじゃねえか。それを捕まえて首を斬ろうと言うんだから始末に負えねえ。時代遅れもいいとこだ」

「『たった四杯で夜も寝られず』か」

小間物屋が笑う。

「異国のことは怖がってばかりだが、身内には大きく出る。ところがどっこい、この松陰はペリーが認めた大人物でな。『また会いたい、互いに仲よくしよう』とペリーも言ったくらいだ。その松陰を殺しちまったらどうなる？　ペリーは怒るぜ。大砲四発くらいじゃ気が済まねえだろうな。松陰を閉じ込めてる小伝馬町《こでんまちよう》の牢めがけて百発は撃つに違いねえ。大川の花火どころじゃねえぞ。江戸中が灰になっちまう。この松陰をどうするか、幕府のお裁きが見ものだ。日本のために動いた松陰を助けるか、それとも殺して自分の首を絞めちまうか。江戸の命がかかってる。松陰とペリーの会話はもっと詳しくここに書いてある。買った買った！」

「くれっ！」

小間物屋が三文を握った手を伸ばした。周りの人々もあとに続く。

かわら版は瞬く間に売り切れた。

＊＊＊

「おい、銀次。うまくいったのう」

二日後、銀次と龍馬は祝杯を挙げていた。

密航の罪で吉田松陰は死罪になる寸前であったが、老中首座の阿部正弘や老中の松平忠優が強硬に反対したために命が助かり、国元蟄居《ちっきょ》だけで難を逃れた。

人付き合いがうまく、顔の広い龍馬が土佐藩や千葉道場の人脈を使い、銀次のかわら版を老中たちのもとに届けたのである。

銀次は杯《さかずき》を傾けながら言った。

「老中たちは異国を怖がってる。ペリーが怒ると思えば言うことを聞くと思ったぜ」

「そこまでペリーは言ってなかったんじゃろ？」

「ま、嘘も方便さ」

「ハハ、悪知恵の働くやつぜよ」

「で、坂本さんはこれからどうするんです。武者修行もそろそろ終わりでしょう？」

「いったん土佐に帰る。向こうにも日本を憂う志士がようけおるきにの」

「へっ。黒船が来たせいで、世の中がどんどん変わる気がするな。いい薬だぜ」

龍馬が笑ってうなずいた。

「銀次。おまんもいざというときは力を貸してくれ」

「俺が？」

「おまんは目も耳もええ。話もおもろいきに。芳徳はうまい絵が描ける。この力は国のためにきっと役立つぜよ」

「そうなのかな」

横で聞いていた芳徳が顔を赤くした。

「おんしらも日本を変える志士じゃ。よろしく頼むぜよ」

龍馬は松陰と同じようなことを言って豪快に笑った。

「志士か……」

松陰は人のため、ひいては国のために働けと言った。かわら版は御法度のため、表には出られないが、裏でできることもあるのかもしれない。

銀次や龍馬のはたらきもあり、松陰の命は助かった。松陰はこのあと長州に帰り、松下村塾《しょうかそんじゅく》において、日本を改革する若者たちを育成することとなる。

一枚のかわら版が、日本の歴史を大きく変えたことに、銀次はまだ気がついていなかった。

第二章

大《おお》鯰《なまず》の世直しと百鬼夜行

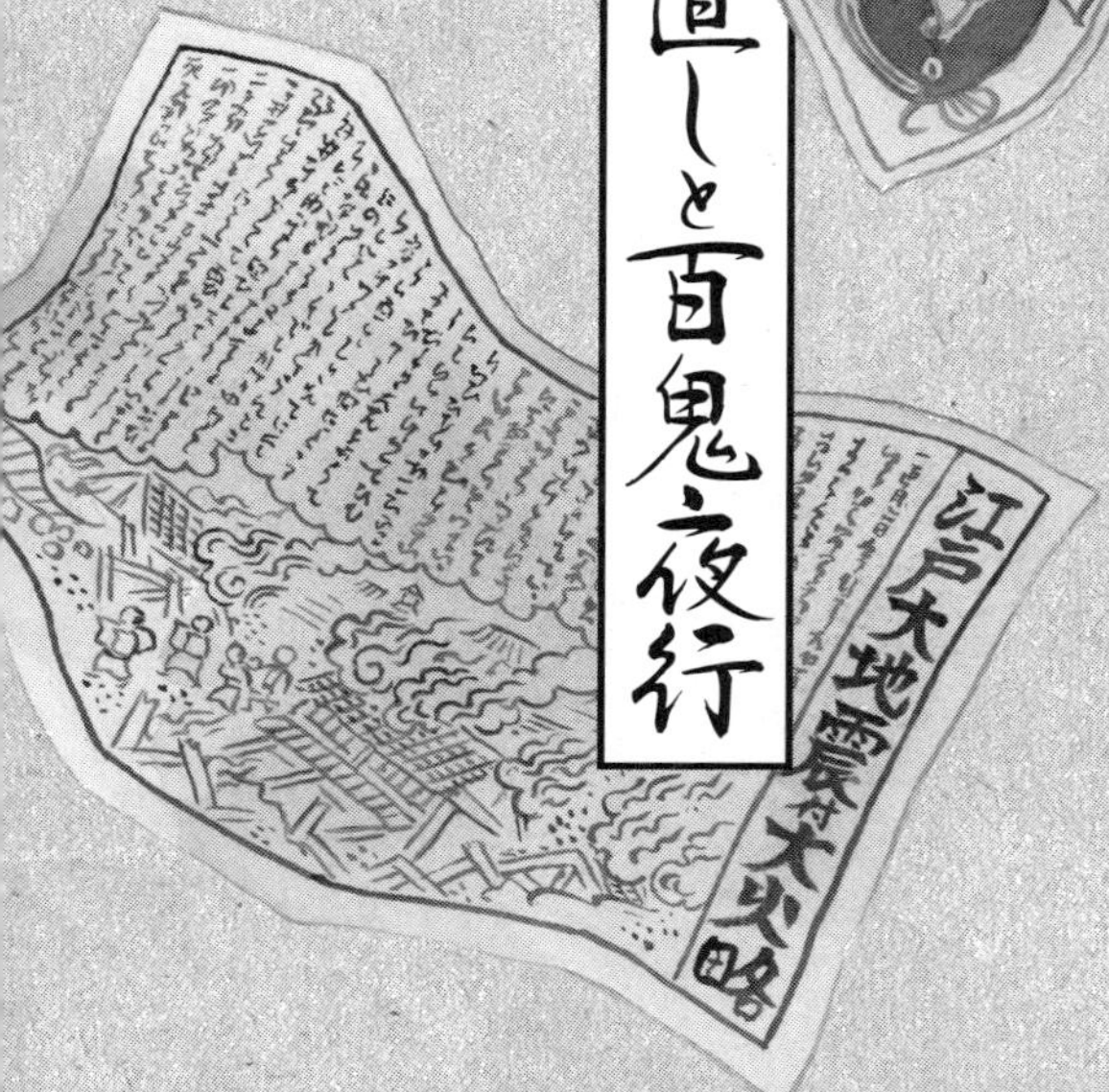

黒船事件が収まった少しあと、いつものようにかわら版を売りに行った銀次と芳徳が長屋に戻ると、見知らぬ大男が戸口に立っていた。

身の丈六尺（約百八十センチメートル）はあろうか。大小を腰に差しているところを見ると武士らしい。

（役人か、こいつ？）

銀次はやや緊張した。

「よう。なんか用かい？」

「お主、極楽屋だな」

男はずばりと言った。

「そういうあんたは誰《だれ》だ」

「西郷《さいごう》吉之助という。話がある。上がっていいか」

「ちょっと待てよ。役人じゃねえだろうな」

「そんなことを心配していたのか」

西郷吉之助の大きな唇が笑みを作った。江戸言葉を話しているが、ところどころ訛《なま》りが感じられる。自分たちを捕まえに来たのではないだろう。

「どう思う？」

芳徳を見た。

「悪い人じゃなさそうだよ」

銀次はうなずいて武士に向きなおった。

「なんかネタでも売りに来てくれたのか」

「そういうわけではないが耳寄りな話は持ってきた」

「そうか。じゃあ上がってくれ。狭いところだけどな」

先に部屋に入り、銀次は言った。

「では」

男も上がってきた。でかくて豪快そうなわりに、脱いだ草履《ぞうり》はきちんとそろえている。

「ま、座れよ」

銀次が言うと、男は無造作にどすんと腰を下ろした。目方が重すぎるのか、部屋が揺れて、根太《ねだ》が緩んだような気がする。

ぎょろりとした大きな目玉が銀次をまっすぐ見つめていた。

「で、耳寄りな話ってなんだい。儲《もう》け話か？」

銀次が聞いた。

「実は、我が殿が、お主のかわら版を贔屓《ひいき》にしておってな」

「殿？　あんたどこかの藩士なのかい？」

「まあそのようなものだ」

吉之助が苦笑をにじませた。

「そいつは嬉《うれ》しいな。どうだい、うちのかわら版は読み応《ごた》えあるだろう」

「殿はお主のかわら版を漏らさず読みたいとおっしゃっている」

「なんだよ。そんなら、買いにくればいいじゃねえか」

「そうもいかん。かわら版は、御法度ゆえ、我らがおおっぴらに買うことはできぬ。しかもかわら版が出る日もあれば出ない日もある。売られる場所も違うから、すべてを手に入れることは難しいだろう。しかしな、殿はどうしてもお主のかわら版すべてを読みたいと仰せなのだ」

「へえ、そんなに……」

ちょっと嬉しくなった。黒船の事件以来、極楽屋のかわら版は人気が出てきていたが、ちゃんとした武士の中にも贔屓にしてくれる者が現れたとは驚きである。黒船のような大ネタもあるが、下世話な話や妖怪《ようかい》、物《もの》の怪《け》といったたぐいの話も多い。

「なかなか面白い殿さまらしいな」

「どうだ。毎回我が殿のために、取り置きしておいてくれぬか」

銀次は少し考えて答えた。

「そいつはできねえ相談だな。みんな自分の足で買いに来てるんだ。殿さまだけ楽をしようってのは問屋がおろさねえ」

「さようか」

吉之助はがっかりした風もなく淡々と言った。

「ならば毎回、百枚ずつまとめて買うというのではどうだ」

「なっ……。百枚だって⁉」

百枚といえば、一気に三百文だ。そもそもネタのないときは百枚売れないこともある。それを毎回買ってもらえるとなれば、実入りはかなりよくなるだろう。

「同じものを百枚も買ってどうするつもりだ。家来にでも配るのかい？」

「今、日本は火急のときだ。いつ異国が攻めてきてもおかしくない。各藩の武士は、どのような小さな情報でも欲しいのだ。お主のかわら版は調べが行き届いているし、絵もわかりやすい。殿は、つき合いのある者たちに配りたいのだろう」

「へえ……」

「商いでは、まとめて買えば値引きをすることもあると聞く。足を運べぬかわりに取り置きで頼めぬか」

吉之助は言った。

銀次は腕を組んだ。すっかり衰えた幕府の思い通りにならないように、新鮮な情報を知らせて民の味方をしようと銀次は思っているが、心ある武士が読めばそれも日本のためになるのではないか。武士の中には松陰や龍馬のような志士もまだいるはずだ。

そんなことを考えていると、芳徳が小声で言った。

「銀次。引き受けるとしても、おいらたちはご公儀の批判もするよ。いいのかな」

「たしかになぁ。売ったかわら版のせいで牢屋《ろうや》に放《ほう》り込まれたら、目も当てられねえ」

「それは心配ない」吉之助が言った。「むしろ、我が殿も新しい幕府を作らねばならぬと常々おっしゃっている。旧態依然とした幕府を批判するお主らをどうこうするつもりはない」

こともなげに吉之助が言った。

「殿さまって、どこの殿さまなんだよ」

吉之助の言葉のところどころに、かすかな訛りを感じる。素性を聞いておいて損はない。

しかし吉之助は答えず、微笑《ほほえ》むだけだった。

「金は払う。ご公儀には内密にする。それは約束する」

「でもなぁ……」

「わしが嘘《うそ》をつくと思うか」

吉之助の大きい目が銀次を見つめた。

（いや、つかねえな）

直感的に思った。

吉之助には卑怯《ひきよう》な感じがまるでなかった。何事でも堂々と受け止めるという大樹のような風格を感じる。

言いたくないことは、ただ黙っているだけだった。

銀次はこの武骨な男が好きになり始めていた。

「取り置きしておいて、あんたがまとめて買いに来るってことでいいんだな」

「そうだ」

「よし。二百枚買ってくれるならいいだろう」

「なんだと?」

吉之助が片眉《かたまゆ》を上げた。

銀次は、初めてこの男がかすかに動揺したのを感じた。

「かわら版を買って他の武士にまた売りすることもできるだろう? それならあんたの殿さまの懐《ふところ》はそんなに痛まないはずだ」

「なるほどな」

吉之助がおかしそうに笑った。

「面白かやつだ」

「侍も欲しがるって言ったろ。なら高値で売れるじゃねえか」

「我が殿はそのようなことはせん。お主は愛民という言葉を聞いたことがあるか」

「あいみん……? 知らねえな」

「敬天愛人とも言う。つまり天を敬い、人を愛することだ。我が殿の理想よ」

「人を愛する?」

「人の道を示す天を敬い、自分を愛する心をもって人を愛することだ。つまり仲間から金など取らぬということだ」

「ふうん……」

「お主のかわら版には愛民の思想がある。殿もそこを気に入っていてな。百枚買うのは極楽屋を援助するという意味もある」

銀次は首をかしげた。

「何を言ってるのかよくわからねえな」

「ようするにお金を出して、民のためになるかわら版を応援したいってことだよ」

芳徳が小声で言う。

「うーん、俺《おれ》たちが殿さまに金をもらってヒモになるってことか？」

「言い方が悪いけど、それに近いかな」

「まあいいか。百枚で勘弁してやるよ。だが何をどう助けてもらおうと、俺たちは誰の思い通りにもならねえ。今までどおり書きたいことを書く。それでいいなら話に乗ろう」

「やってくれるか」

吉之助の大きな唇に微笑が広がった。

この援助を得て、銀次は腹を決め、新しい摺《す》り屋と彫り屋に話をつけた。このところ、たび重なる外国船の襲来や幕府による品川沖の砲台建設、さらに武芸訓練のための講武場《こうぶじょう》の設立もあり、かわら版のネタには事欠かない。人々の間に、もうすぐ大きな何かが起こるという予感があったのか、銀次たちのかわら版は売れに売れ、次第に摺りが追いつかなくなってきていた。

新しい摺り屋は、一年ほど、ほぼ専業体制でやってくれることになり、一日千部以上を摺れる計算だった。銀次たちは精力的にネタを集め、いいネタなら情報料を惜しまなかった。

吉之助はひと月ごときっちりかわら版を取りに来て、しっかりと金を払っていった。かわら版づくりに必要な金は回収できるとわかっているのだから、力も入る。多く摺るほど、儲けになる。飛脚や庄屋などの事情通に十分な情報料も出せる。そうすると、内容が濃くなり、ますます人気が出ることになる。

秋も深まってきたある夜、清住町《きよすみちょう》の居酒屋〈嶋村屋《しまむらや》〉に向かった。うまい魚を食わせるという評判の店で、板前の目利きがいいらしい。給仕する娘たちも気が利いているという。

銀次たちはさっそく酒を頼み、焼いた穴子を小さく切ったものを肴《さかな》に飲み始めた。

「こうなったら売り子も雇うか」

「売るのを任せたら、そのぶんネタ集めに専念できるね」

「縄張りも広げられるしな」

「銀次。最近、おいらの絵も少しずつ売れてきてるんだよ」

芳徳が恥ずかしそうに言った。

「なに、いよいよか！」

銀次はわがことのように嬉しかった。挿絵《さしえ》だけでなく、本業の絵のほうでも評価されれば、芳徳の絵師としての道が大きく開ける。

「かわら版で誇張した絵を描《か》くうちに、くずし方がわかってきたというか……。それにかわら版が売れてるから、おいらの絵柄を見慣れた人も増えたんだろうね」

「やるじゃないか。国芳師匠《ししょう》も喜んでるだろ」

国芳はかつて芳徳の絵を評してまじめすぎると言っていた。しかし絵を崩すことによって、芳徳なりの作風というものができてきたのかもしれない。

「でも、まだまだだって。言いたいことが伝わってこないってさ」

「そうか。そりゃ手厳しいなぁ」

銀次は苦笑した。さすがは江戸で一、二を争う売れっ子の歌川国芳である。もっとも国芳は己に対しても厳しい。いつも最高の絵を目指しているから、自分であろうと弟子であろうと、絵を見るときはまったく同じ基準で容赦なく許する。もっとも、それでこそ、真の玄人《くろうと》といえるだろう。

「芳徳。俺もきっと江戸で一番のかわら版屋になるぜ」

「銀次ならできるよ。このところすごく売れてるしね」

「深川だけじゃない。神田に浅草、いずれ両国《りょうごく》も手に入れる。大和屋との一騎打ちだ。こっちも人数がそろえば負けやしねえ」

銀次が勢いよく腕まくりしたとき、

「あらあら。ずいぶん鼻息が荒いのね」

〈嶋村屋〉の看板娘、お延《のぶ》が煮物を持ってやってきた。灯籠鬢《とうろうびん》に結われた黒髪がつやつやと輝き、薄桃色の着物の襟元からのぞくうなじの白さがまぶしい。

鶏肉《とり》と里芋と牛蒡《ごぼう》、そして角切りの大根が濁り汁にごろりと入っている。

「待ってたんだよ、これを」

ここで一番気に入っている料理だった。喜んで口に運ぶと、里芋は溶けるように柔らかく、ごま油で軽く揚げられた牛蒡は、汁の中にあってもぱりっとしていた。鶏肉は甘辛く下味がつけてある。

「うめえ！」

「寒くなってくると煮物がいいね」

芳徳も相好を崩す。

銀次はふうふうと吹いて汁を飲んだ。体が温まり、心がしっかりと土台を持つ。舌の濁りを酒で洗い、また里芋をつまむとびきり旨《うま》かった。

「たまんねえなぁ。お延ちゃん、今に店を持たせてやるからな」

「え〜、期待しちゃおうかしら」

お延が流し目で銀次を見た。

「任せとけ。下品で阿呆《あほ》な大和屋なんか、店には入れねえからな」

さりげなく手を握ろうとしたが、お延はさっと手を引っこめた。

「二人のお店ができてからたっぷりね」

お延が微笑む。

「ちぇっ……」

銀次が頰《ほお》を膨らませた。

「燗《かん》をつけてきてあげる」

お延がいい声で言って踵《きびす》を返した。着物の裾《すそ》からのぞく白い足首がまぶしい。

このまま極楽屋がうまく行き、押しも押されもせぬかわら版屋となれば、お延のような美しい娘も嫁に来てくれるかもしれない。

(いや待てよ……。琴若も捨てがたいぞ。どっちを嫁にするか悩むな)

酔っぱらった銀次が能天気な皮算用をしていると、芳徳がまじめな声で言った。

「黒船もいいけど、他にもネタが欲しいね」

「そうだな。人を食う獰猛《どうもう》な物の怪が現れて、庶民が大慌てするようなやつがいい」

「また脅かすの?」

「そうか。黒船が来たばかりだしな。しばらく枕《まくら》を高くして寝かせてやるか」

そう言ったとき、尻《しり》の下の床がゴンと鈍い音を立てて持ち上がった。

「なんだ。屁《へ》か?」

しかし再びゴンと鈍い音がした。それはやがて連続して、ゴン、ゴゴンと、突き上げてきた。

他の客たちも話をやめ、たがいに顔を見合わせた。

刹那《せつな》、ドーンとさらに激しい音がして、今度は建屋《たてや》が横に大きく揺れ出した。部屋が大きく揺れ、柱がぎしぎしと音を立てる。

「黒船が攻めてきやがったのか?」

「いや、こりゃ地震だ」

「でかいぞ」

客たちの悲鳴と酒徳利《さかどくり》や皿の割れる音が響き、屋根板が落ちてきた。

「銀次、助けて！」

芳徳が悲鳴を上げた。お延は通路で腰を抜かして固まっている。

「お延ちゃん！」

銀次は素早くお延を抱きかかえると一目散に走った。

戸を蹴《け》り倒して店を出ると、近所の人々がみな外に飛び出してきていた。みな一様にかがんでいる。地震は何度か続くものだと知っていた。

埃《ほこり》がもうもうと舞う建屋から、芳徳が自力で這《は》い出してきた。

「ひどいよ、銀次」

「お前は男だろ。助かったんだからいいじゃねえか」

言った瞬間、また揺れが来た。夜空に稲妻のような光が走る。

「怖いっ」

お延がしがみついてきた。

「大丈夫だ」

どさくさにまぎれ、お延をぎゅっと抱き返した。

（へへっ、役得だぜ）

銀次は財産といえるほどのものは持っていないから、こんなときは気楽である。命一つ、筆一つあれば商売はできる。

やがて、各所から半鐘の音が聞こえて来た。夜空の底から赤い火の手が上がり始めている。地震も怖いが、そのあとに来る火事のほうが人々を痛めつけるものだ。

「芳徳、仕事だ」

「うん」

「お延ちゃん。一人で帰れるな」

「ありがとうね、銀ちゃん」

お延は頭を下げると、早足に去っていった。家族のことが心配なのだろう。

「行くぞ」

半鐘が鳴り響く中、城のほうへ走っていくと半纏《はんてん》を着た火消したちが忙しく立ち働いていた。町火消しだけでなく、定火消《じょうびけ》しや、藩お抱えの大名火消しも総出で消火に当たっている。そこらじゅうの屋根の上で纏《まとい》が鮮やかに翻《ひるがえ》っていた。

「おおごとだな、こりゃ……」

今や空は火で真っ赤に染まっている。江戸城の門や櫓《やぐら》も無残に燃え盛っていた。

「改元したのに、またこんなことになるなんてね」

芳徳の目がいつしか潤んでいた。

幕府は、黒船来航や東海地震、南海地震を不吉として嘉永から安政《あんせい》へと改元したばかりだが、またもや地震は起こった。

安政二年（一八五五）のこの大地震により、江戸城もそのほとんどが崩れ、将軍家《いえ》定《さだ》は吹上御庭《ふきあげおんにわ》に避難した。市中でも、小川町《おがわまち》、下谷《したや》、根津《ねづ》、浅草、本所《ほんじょ》、深川、吉原、千住《せんじゅ》などはとくに被害が大きかった。

大火災があると、かわら版屋は出火場所を細かく羅列して記録し、売り出すのが慣わしである。これを〈出火場所附《しゅつかばしょづけ》〉という。それは行方不明の人々の安否確認の助けとなる。

しかし、今回の地震では江戸中が燃えた。出火場所を書こうにも紙面がまるで足りない。

「国元ではみんな心配してるだろうな」

銀次の長屋は幸運にも火事を免れた。部屋の真ん中に大きな紙を広げ、江戸の火災の情報を書き込みながら、銀次が言った。

「江戸に出稼ぎに来てる人はたくさんいるもんね」

地震の際は、かわら版の出火場所附を飛脚で実家に送る人も多い。地方の人々はそれを見て、江戸で出稼ぎしている者の消息を知ることになる。貨幣経済の発達によって貧富の差が生まれ、地方の農村は疲弊し、貧しくなっていた。そんな貧しい家から出稼ぎに来た男たちが家計を支えている。

不安を抱えて田舎で待っている妻や子供たちの姿が目に浮かぶようだった。

「よし。大和屋へ行くぞ、芳徳」

「えっ？　なんで……」

「いいからついてこい」

銀次は立ち上がった。

大和屋の本拠である書店に行くと、彫りも摺りも職人たちが忙しく立ち働いていた。銀次たちと同じく、出火場所を細かに書きこんでいる。しかし大和屋では、銀次たちの紙の倍以上ある、とてつもない大判の紙を使っていた。

「さすがだな」

ひそかにつぶやくと、銀次は太次郎のもとへ向かった。

「おい、太次郎」

声をかけると、職人たちの真ん中で指揮を執っていた太次郎が鬼のような形相で振り向いた。

「銀次、何しに来やがった。蹴っ飛ばすぞ！」

「話があるんだ」

「うるせえ！　見りゃわかるだろ。今忙しいんだ。殴られないうちにとっとと消えな。今日だけは見逃してやる」

「無理だろ。お前んとこだけで燃えた家を全部載せるのは」

　銀次が言った。

「だから必死にやってんだろ。載せるのが遅れちまうところは仕方ねえ」

「お救い小屋の場所だってみんなに知らせなきゃなんねえ。わかってるだろ？」

　お救い小屋とは、幕府によって設けられる避難所のことで、焼け出された人や、地震で怪我《けが》をした人がそこへ行くと食事や衣服が提供される。新たな暮らしを建て直すまで、傷を負った人はそこでしばらく生活することも許された。火事の多い江戸ならではの、救済の仕組みである。

「うるせえな。いったい何が言いてえんだ！」

「書く場所を分担しよう。俺は江戸の東、お前は西だ。それなら田舎で心配しているやつらにもいち早く江戸のようすを伝えられるだろ」

「なんだと？」

太次郎はまじまじと銀次を見た。

横で聞いていた芳徳も驚いた顔をしている。相手は一番の商売敵《がたき》だった。

最初は銀次も大和屋を出し抜こうと思っていた。しかし今は庶民が苦しんでいるときである。人や国のためにかわら版を書け、と松陰は言った。

本能の赴くまま生きては獣と変わらないとも松陰は言った。そして正しいことをやったと自ら罪を白状して幕府に捕らわれた。

銀次も負けたくなかった。

「どうだ、太次郎？」

「だめだ。お前なんかと組みたくねえ」

太次郎は口を尖らせた。

「みんな心配してるんだぞ」

「明日までにはすべて知らせることができるだろ」

「それじゃあ間に合わねえ。江戸に出稼ぎに行かせた家族は死ぬほど長い夜を過ごすことになる」

「うるせえ。帰りやがれ！」

太次郎が怒鳴った。

「しょうがねえな……。協力してくれたら俺たちの縄張りを一つやる」

「なんだと？」

太次郎がぽかんと口を開けた。

「これが終わったら扇町《おうぎちょう》を明け渡す。だから手を貸せ。四の五の言うんじゃねえ」

「ふん。どうせ嘘だろ。お前はいつもでまかせばかりだ」

「ほんとだって言ってるだろ」

「本気なのか」

太次郎がじっと銀次を見た。

「約束する」

「よし……。わかった。約束を破ったら、極楽屋は大嘘つきの火事場泥棒だとかわら版で宣伝してやるからな」

「望むところよ。そうとなれば、さっそく手分けだ。区割りをするぞ」

今や江戸を二分する人気となった極楽屋と大和屋が手を組めば、江戸の被害の大半を伝えられるはずだ。

銀次は太次郎と話し合い、分担する地域を取り決めた。

「本当にいいの、銀次？　せっかくあとちょっとで江戸一番のかわら版屋になれたのに」

帰り際、芳徳が心配そうに聞いた。

「いいんだ。今は一刻も早く、故郷の家族を安心させてやるのが大事だ。焼け出されたら食うものもなくなる。仕送りもできるだろうし、お救い小屋の場所だって知らせてやりたい。やることは山ほどあるだろ」

「銀次……」

「早く始めようぜ。今夜は眠れねえぞ」

銀次は急ぎ足になって続けた。

「あとな、今度のかわら版の売値のことだが」

「苦労のかかるネタだから少し値上げする？」

「馬鹿。みんな大変なときだ。一文で売るぞ」

「ええっ！　それじゃ紙代にしかならないよ」

「焼け出されて一文無しになったやつだっているんだ。ただ同然の値段で売ったらみんな助かるだろ。まったくの無料にしたら、やみくもに持って行くやつがいるから一応銭は取るけどよ」

「でも人を雇ったり、手を広げたりしたばかりじゃない。ぎりぎりの綱渡りでどうにかこうにかしのいでるのに……」

芳徳がつらそうな顔をした。

「ここでやらなきゃ男が廃《すた》る。卑怯《ひきよう》なことをして江戸一番のかわら版屋になったって、胸を張れやしねえだろ」

「そっか……。わかった」

芳徳も覚悟を決めたようだった。

「摺るのは二千枚だ」

「そんなに⁉」

「仕方ねえ。火急のことだ」

「でもそれだけ摺るとなると、本当にお金がないよ」

芳徳が心配そうに言う。

「こうなったら琴若に借りるしかねえ」

同じ長屋に住む琴若の艶《つや》っぽい姿を思い出した。美しい見た目に猛毒を秘めてはいるだろうが。

「銀次、琴若さんは高利貸しだよ。いいの？」

「このかわら版はどうしても出したいんだ。俺たちの客は河童《かっぱ》だの大百足《おおむかで》だの、飯の足しにならねえものも喜んで買ってくれてる。今こそ恩返ししなきゃならねえ」

「賭《か》けに出るしかないってことだね」

「へっ、いつものことだろ。俺は金を工面する。お前は摺り屋のようすを見て来てくれ。燃えてないといいんだが」

「わかった、行ってくる」

芳徳と別れると銀次は長屋へと向かい、琴若の家の戸をたたくと、返事があった。

「銀次だ。無事だったか」

「なんてことないさ」

戸を開けた琴若は少し疲れているようだった。

初めて中に入ったが、見ると壁の漆喰《しっくい》のところどころが崩れていた。金ならあるだろうに、なんでこんな貧乏長屋から引っ越さないのか。

「一人で怖かったろ」

「生きるか死ぬかは運さ。ばたばたしても仕方がないだろう」

「達観してやがるなぁ」

まだ若いのに、皮肉に世の中を見つめる女だった。金貸しには心などないのかもしれない。

「で、どうしたんだい」

琴若はいつものように流し目をくれた。

黒い着物姿だったが、開いた襟元のあたりに退廃的な色気が漂っている。

「また金を貸してもらおうかと思ってな」

「そうかい。いいよ」

琴若の声は、どこか投げやりだった。

「三両貸してくれ」

「へえ。大きく出たね。私は二分までしか貸さないよ」

「そいつは知ってるけどよ」

「だいたい何に使うんだい、そんなに」

「そりゃあ、その……」

「別に言いたくなけりゃいいさ」

琴若は煙草盆《たばこぼん》から煙管《きせる》を取り上げてくわえた。吸い込むと赤い火が小さく灯《とも》る。

「言うよ。江戸市中の出火場所附をかわら版で摺ろうと思ってな」

「出火場所附……」

琴若の顔が一瞬こわばったが、すぐ笑顔に戻った。

「それなら引っ張りだこだろ。売れるにきまってる。金を借りるまでもないじゃないか」

琴若の紅《あか》い唇からふうっと薄い煙が吹き出された。

「いや、一枚一文で売る。儲けは考えねえ」

「えっ？　かわら版はたしか一枚三文だったろ」

「身一つで焼け出されたやつも多いし、とにかく大勢やられてる。こんなときは、ただみたいな値段で売ってやりてえんだ」

「それであんたが私に借金するってのかい」

琴若がまじまじと銀次を見た。

「おかしいかよ」

「ああ、おかしいね。あんたみたいな穀潰《ごくつぶ》しが、他人《ひと》さまに情をかけようっていうんだから」

琴若が小さく笑った。

「なんとでもいいやがれ。貸すのか貸さねえのかはっきりしろい！」

銀次はむくれた。

「三両と言ったね」

「ああ。かわら版は二千枚摺る。江戸市中、すべての場所の被害を知らせるんだ。お救い小屋や、炊き出しの場所なんかも知らせてやりてえ」

二千枚摺って一文で売るとすると、大赤字である。銀次はそれでもかわら版をみなに届けたかった。

「わかった。持っていきな」

琴若は財布から三両を出して、ぽんと投げてよこした。小判は畳に落ち、涼やかな音を立てる。

「おお、ありがとよ！」

こんな大金を、たいしてあてもない銀次にあっさり貸してくれるのは意外だったが、ここは相手の気が変わらぬうちに帰るのが一番だろう。

「じゃあ行くぜ。証文をくれ」

「証文なんていらないよ」

「えっ？　借りるのは俺だぞ。忘れちまうかもしれねえぜ」

実際、借りて忘れることはよくある。我ながらいい加減な男だし、心配になったが琴若は言った。

「貸すんじゃない。やるよ」

「やるって言ったって、三両だぞ？　いいのかよ」

「いいって言ってるんだ」

「あんた金貸しだろ。なんでだ。気持ち悪くて使えねえじゃねえか」

「フフ、銀ちゃんは意外に義理堅いんだね」

琴若が皮肉に笑った。

「俺はかわら版屋だ。おかしなことがあればどうしても正体をさぐりたくなるのさ」

「しょうがない人だねえ。やるって言ってるのに」

琴若は煙管でトーンと煙草盆を叩《たた》いた。煙がゆっくりと消えていく。

「むかしむかしの話だよ……。私が吉原《なか》にいたころさ。あんたも私の噂《うわさ》ぐらい聞いたことがあるだろ」

「まあな。一人でよく抜けられたと思うが」

「私も一生をあそこで終えるのかと思ってたよ。親にあっけなく売られて何もかも嫌になってたからさ」

「親が病気にでもなっちまったのか？」

「違うよ。遊ぶ金欲しささ。娘がいれば親は楽ができるってね。それで私を産んだんだ。男の子ができたら山に捨てに行ってたんだ。娘が三人、暮らしに困ったら順番に売っていった。生かしておくだけでいいから、いつも冷や飯だった。私の面倒見てくれてた姉ちゃんたちも売られたよ。なんだったんだろうね、私たちは。金のかわりみたいなもんだったんだろうね」

「きついな、そりゃ」

　銀次はあらためて琴若を見た。きっと誰も信じられなかっただろう。銀次もそうだった。

「店に入ったけど、私は態度も悪いし愛想もまるでなかった。店中で嫌われて、いじめられるくらいにね。早く死なないかと思ったよ。……でもね、客の中に変わり者の旦那《だんな》がいたんだ。ひねくれた私を面白がって、旦那はよく呼んでくれた。もう白髪のおじいちゃんで、あまり私を抱きもせず、話ばっかりでね。何にでも毒づく私を、にこにこして見てた。呼ばれると、楽できるのが嬉しくてね。寝っ転がって絵双紙《えぞうし》を読んだり、菓子を食べたり、ほんとに寝ちまったり」

「おお。よかったじゃねえか。そんなこともねえとな……」

「でも、ある日を境に、その旦那は来なくなっちまったんだよ。やっぱり捨てられたって思った。自分にそんな価値あるわけないかと思って、ますますやさぐれたよ。けど、しばらくたって旦那が私を身請けするって話が来たんだ。びっくりしたよ。花魁《おいらん》でもない私みたいな愛敬《あいきよう》のない女を身請けしようっていうんだからさ。まわりはみんな目をむいた。富くじに当たったようなものだと嫉妬《しつと》されたり、厄介払いになったなんて嫌味を言われたり……。けど、いい気味だった。さんざん私を馬鹿にした女たちが歯嚙《はが》みして、みじめに朽《く》ちて行くんだと思ったらさ。神さまはいるんだって初めて思ったよ」

琴若の瞳《ひとみ》がわずかに潤んでいた。

「駕籠《かご》に乗せられて着いたのは根岸《ねぎし》の小さな家でね。好きに使っていいって。お金もくれたし、働かなくていいっていうんだ。到着したその日、私は死んだように寝たよ。寝てる間に何かを盗もうってやつもいないし、いびきも聞こえないしね。すえた臭《にお》いもなくて静かで……。旦那は時々その家に来て、いつものように話をするだけだった。私は必死に勉学したよ。旦那と対等に話せるように、喜ばせることができるようにって。字の読み書きも覚えてね」

「そいつは、あんたを妾《めかけ》にしたたってことか」

「旦那は大店《おおだな》の隠居だったんだ。奥さんは亡くなってたけど、家に住まわせるわけにはいかなかったんだろうね。別によかったんだよ。私だってそんな堅苦しい思いはしたくなかったたし。ただのんびりと生きられればそれで十分さ」

そこまで話して、琴若は煙草を一息吸った。

「旦那さんはよほどあんたを気に入ったんだな」

銀次が言った。

「私は死んだ奥さんと似てたんだってさ。中身はまるで違うだろうけどね。それでも嬉しかったらしい」

「そのままのんびりしてりゃよかったじゃねえか」

「死んだよ、その人は。青山《あおやま》の大火事に巻かれてね」

弘化《こうか》二年（一八四五）の初春に起こった火事は、青山から出火した。北西の風に乗って延焼し、焼失した町は百二十六にのぼった。四百軒以上の武家屋敷までも焼けた大火事だった。

「そうか……。気の毒にな」

「たった半年だよ。恩返しする間もなかった。なのに旦那はしっかり私のことを考えてくれていてね。もしも自分が死んだらって、金を知り合いに預けてた。一生不自由なく生きて行けるようにって。根岸の家も私の名義にしてくれていたんだよ」

いつしか琴若の目から涙がこぼれていた。

「金がなんだい。生きてたらずっと私が奥さんのかわりになってあげたのに。抱かれて名前を間違えられてもよかったんだ。金なんていらなかった。私はあの静かな時間だけでよかったのに」

「うまくいかねえもんだな」

銀次はいつしか鼻水をすすっていた。自分の身の上もきつかったが、琴若のほうがもっときついだろう。

琴若は自嘲《じちょう》気味に笑った。

「私が幸せになるなんて無理だったんだよ。あの人が残してくれた金だったけど、なんだかむしょうに金が憎くなってね。言われるたびに貸してたら逆に増えちまった。取り立ても面倒だから金に糸目をつけずに口入屋に頼んだのさ。そしたらきっちり取り立ててくれてね」

「なるほど。そういう仕組みだったのか」

やくざ者の男とできてるのかと思っていたが、単に腕利きの取り立て屋が来ていたらしい。

「金のために売られたのに、働かなくても金が転がり込んでくる。なんなんだろうね」

　銀次は琴若の細い肩を見つめた。

「琴若、そいつも運だ」

「運？」

「あんたはさっき、生きるも死ぬも運といった。それと同じで、悪い親に当たったのも運。しかし、いい旦那に出会ったのも運だ。運は偏《かたよ》る。博打《ばくち》なんて負け続けがしょっちゅうだ。でも勝つときだってあらあな。世の中、そう悪いことばかりじゃねえ。お前は勘違いしてるだけだ」

　銀次を見つめる琴若の目が少し揺れた。

「妙なことというじゃないか。誰かの受け売りかい？」

「へっ。バレたか。ちょっとした友達さ。黒船で仲良くなったんだ」

「友達ね……」

「そうだ。俺とあんただってそうかもしれねえ」

　琴若が寂しそうに微笑んだ。

「早く行きなよ。こんな金でも、焼け出された人のために使えば多少は胸がすく。あの人を殺した火事への敵討《かたきう》ちさ。気にせず使いな」

「わかった。ありがたくいただいとく。お前は人の役に立つんだ。それは捨てたもんじゃねえことだと思うぜ」

銀次は三両を懐に入れた。


翌朝、多くの辻《つじ》にかわら版売りが立った。人々は争うように、出火場所が書かれたかわら版を求めていく。

「さあさあ、極楽屋は大川からこっち、深川、本所、向島、両国の火事場だよ。大川から向こうのことは大和屋に行ってくれ。値段はたった一文だ。さあ買った買った！」

「一枚くれ！　上野《うえの》はどうなってる？」

着物が煤《すす》で真っ黒になった男が息せき切って聞いた。上野に知り合いがいるのだろうか。

「これを見ろ」

大きな紙に、地図が描かれ、それぞれの地域の、かわら版屋の分担が書かれていた。大和屋の他にも、主だったかわら版屋には声をかけておいた。いくつかのかわら版屋は快く分担を承知してくれた。

「おお、これは便利な……」

「上野なら寛永寺《かんえいじ》前の白波屋《しらなみや》に行ってくれ」

白波屋も中規模のかわら版屋である。

煤で汚れた男は礼を言って急ぎ足で北に向かった。

(こんなことするなんて、俺は馬鹿なのかもしれねえな)

そんな気持ちも湧《わ》いてきたが、これが一番人の役に立つやり方だと思った。

(松陰のやつ、妙な仏心を起こさせやがって)

我知らず唇をとがらせたとき、常連の左官が通りかかって言った。

「おう、なんだよ。ひょっとこみたいな顔をして。河童に尻でも嚙まれたのか?」

「あんた、無事だったのか」

見知った顔を見て銀次はほっとした。

「へっへっへ。女のところに泊まっていたおかげで助かったぜ」

「こんな災難だってのに、にやにやしやがって」

「みなには悪いが、地震も火事も俺には飯の種よ。これから忙しくなる。一枚くんな」

左官が手を出した。

「今日のネタは出火場所だけだぞ。あんた出稼ぎで来てるのかい?」

「仲間と一緒に出てきたんだ。なかなか帰れねえが、地元のやつらに報《しら》せてやりたい。

本所のやつはあるかい」

「これだ。早く国元に連絡してやんな」

銀次はかわら版を渡した。

「ほう。こいつは助かる」

「見ろ。四つ折りにすると、そのまま文《ふみ》にしてすぐ送れるからよ」

銀次がかわら版の裏を見せると、そこには『一筆啓上つかまつり候』と書き出しが摺られていた。そのあとに『私は無事です』と直筆し、名前と日付さえ書き添えれば、かわら版がそのまま手紙となる。あとは飛脚に頼むと故郷まですぐに届く手はずだ。

「へえ、便利じゃねえか。悪ふざけのかわら版ばっかりだと思ってたが、やるときはやるんだな極楽屋。見直したぜ」

左官の目にいつもとは違う尊敬のような光が宿っていた。

（悪くねえか）

嫌いな大和屋にまで頭を下げたが、そうするだけの価値はあったのかもしれない。

「銀次。なんか気持ちいいね」

芳徳が言った。

「そうだな。物の怪の話もいいが、こうやって誰かに喜ばれるのもいいもんだな」

いつしか、銀次の鬱屈《うっくつ》は消えていた。誇りを持つというのはこういうことなのか。

そしてついに、銀次たちはかわら版二千部を売り切った。

この日はさすがに、かわら版を取り締まる岡《おか》っ引《ぴ》きも来なかった。奉行所や番屋の復旧、火事場泥棒を追いかけるのに忙しかったのだろう。

地震から三日が過ぎると火の手もようやくおさまった。町は少し落ち着きを取り戻してくる。

だが不気味な余震はまだ続いている。油断はならない。お救い小屋を訪ねてみると、焼け出された民衆が続々と集まり、これからの暮らしを心配していた。借金を背負うのは避けられないところかもしれない。

江戸の出火場所を記したかわら版をつくってみて、銀次はあらためて被害の大きさにうなった。ほぼ全滅だった。家だけでなく商家も多く潰れていた。店が潰れれば雇い人もみんな路頭に迷う。

町を行き交う人々の多くは浮かない顔をしていた。

逆に、大工や左官や瓦《かわら》職人、そして材木問屋は大忙しである。

「芳徳。明日からは俺たちらしく行こう」

銀次は言った。

「どうするの？」

「みんなを笑わせるんだ。落ち込んでるやつらをな。嫌なときでも笑ってりゃなんとかなるもんさ」

「いいね。何を書くの？」

「見立て番付さ。地震で儲かったやつと損したやつを調べ上げようぜ」

銀次が意地悪そうに笑った。

翌日出た極楽屋のかわら版には、でかでかと〈震災番付〉が載っていた。

右の欄には〈あたりの方〉。

左の欄には〈はづれの方〉。

右側に羅列されているのは、地震で儲かった〈大工〉、〈左官〉、〈材木屋〉などで、職人たちの絵が楽し気に描かれている。一方、左側には意気消沈した〈芝居小屋〉、〈書店〉、〈料亭〉などの人々が描かれている。

もともとかわら版ではいろんなものの番付が人気記事となっている。〈力士の番付〉は当然のこと、〈温泉番付〉に〈神社番付〉、〈水茶屋看板娘番付〉や、はては〈酒番付〉や〈おかず番付〉まで何でも順番をつけて庶民の話のネタとした。

今回の〈震災番付〉もその派生である。

客はそれを見て、〈あたりの方〉のほうには「この火事場泥棒め」と悪態をつき、溜飲《りゅういん》を下げる。〈はづれの方〉には「痛い目にあったなぁ」と深く同情し、落ち着いたら励ましに行ってやろうと思う。そんな風に仲間とああだこうだと言い合って、つらいことでも笑い飛ばしてしまう。

地震や火事に見舞われることの多い江戸の住人はそれをネタにして笑えるほど、たくましかった。

極楽屋の出したこの記事は評判がよく、千部摺ったものがすぐに完売した。

「銀次、もっと作っておけばよかったね」

芳徳が残念そうに言う。

「殿さまの取り置きが百枚あるだろ。あれも売っちまおうぜ」

「ええっ！　吉之助さんに怒られるよ」

「いいんだ。こういうのは武士が読むより、落ち込んだ庶民が読むほうがためになる。あの人ならわかってくれそうだ」

銀次は五枚だけを吉之助の殿さま用に残して、九十五枚を追加で売り、これもあっという間に完売した。

休む暇もなく、すぐに次の日のかわら版に取りかかる。

「明日は地面を揺らす大鯰《おおなまず》で行こう」

「それ、今日大和屋がやってたよ？　ほらこれ。手に入れてきたんだ」

芳徳が大和屋のかわら版を差し出した。

「さすが大和屋だな、きっちりおさえてやがる」

地震といえば鯰だ。日本で地震が起こるのは、地下にいる大鯰が暴れるからと言われている。普段、大鯰は鹿島神宮《かしまじんぐう》におわす鹿島大明神に、要石《かなめいし》で押さえられているから、動くことができない。しかし今回の大地震が起きた十月は〈神無月《かんなづき》〉だから、神々が出雲《いずも》の国に参集して、文字通り各地からいなくなる月である。よって鹿島大明神も当然お留守だった。この隙《すき》をついて大鯰は暴れ回り、地震が起こったというのが大和屋の説である。大和屋のかわら版には、その恐ろしい大鯰をご公儀の武士がこらしめるという絵が描かれていた。

「でもな、これじゃ面白くねえ。前の地震のときのかわら版と同じようなものだ。それよりな、大鯰は世直しのために暴れたってのはどうだ？」

「えっ、どういうこと？」

「ここしばらく日本は災難続きだ。上さまが亡くなったり、黒船に乗り込まれたり、さんざんだ。今まで鎖国して惰眠をむさぼってきたせいで、徳川幕府には膿《うみ》がたまりきってる。そんな停滞を一気に吹っ飛ばして、一からやり直すために、大鯰が地震を起こして暴れたってことにするんだ」

大鯰は地震を起こすが、それによって滞った気を解き放つ働きをするとも言われている。銀次はその効用を強調して大鯰を正義の使者にするつもりだった。

「地震を吉兆と捉《とら》えれば、みんなも元気が出るだろ？　これは終わりじゃねえ。新しい時代の始まりなんだ」

「そっか……。そのほうが前向きでいいね」

「そうとなりゃお前の出番だ。いい絵を頼むぞ、芳徳！」

銀次は芳徳の背中をぱぁんと叩いた。


次の日、銀次と芳徳は深川の辻に立って元気のよい声を上げた。

「さあさあ、今日はいい話だよ。地面を揺らす大鯰はなんと吉兆だ。今はつらいが、きっとよくなる。聞いて極楽、見て極楽。さあ買った買った！」

「大鯰が吉兆だと。ふざけんな！」

野次馬が罵声《ばせい》を浴びせる。

「なぁに大鯰だって無駄に暴れたんじゃねえ。でっかい厄払いをしたんだ。よどんだ江戸をすっきりさせる大掃除だ！」

「そんなことあるのかよ」

野次馬の一人がさっそく寄ってきて、かわら版を買い、その場で読み始める。周りの者ものぞき込んだ。

「ぷっ。なんだこりゃ。百鬼夜行《ひやつきやこう》かよ」

買った男が吹き出した。

かわら版の挿絵には、大鯰が大工となって家を作り、江戸の復興を手伝う姿が滑稽《こつけい》に描かれていた。他にも河童が左官をやり、大百足が屋根をふいている。さらにはかまいたちが木を切り、海の弁天さまが丸太を運んでいる。大工になった犬神はそれを柱にして地面に立てていた。

「物の怪もみんな立て直しを手伝ってる。これからいい世の中になるってことよ」

「大鯰が厄払いか。なるほどな」

「そうだ。汚い金をため込んでた野郎の家も派手にぶっ壊れてるぜ」

「そりゃいい」

野次馬の顔が少しゆるんだ。

かわら版には他に〈施し名総覧〉という一覧もつけた。そこには地震で被害に遭《あ》った人たちに寄付した人々の名が連なっていた。

お救い小屋は幕府の出資で設けられているが、それだけでは間に合わず、篤志家からの寄付も大いに役立っている。

江戸っ子は助け合いの気風も強いから、こういう記事も喜ばれた。誰が助けてくれたのか、覚えておこう、拍手喝采《かっさい》しようというわけだ。次にその人たちがなにかで困ったとき、助けの手を差し伸べることもできる。

寄付した者の筆頭には、琴若の名を書いた。あの金がなければ、詳細な出火場所附をいち早く人々に届けることはできなかっただろう。

この日のかわら版もすべて完売となった。銀次は自分と客との間に、たしかなつながりのようなものを感じ始めていた。

「このかわら版、琴若さんに持って行ってあげたら？」

芳徳が言った。

「そうだな。せっかく名前もあるしな」

「きっと喜ぶよ」

「よし。行ってくるか」

地震が大鯰の世直しだとしたら、琴若にもそろそろ厄払いがあってもいいかもしれない。

日が暮れるころ、貧乏長屋の琴若の家に着いた。しかし声をかけても返事はない。灯《あかり》もつけていないようだった。

「もう寝ちまったかな」

起こしても悪い。銀次は戸をそっと開け、かわら版を挟んだ。

そのとき、中から咳《せ》き込む声が聞こえた。

「なんだ、いるんじゃねえか」

銀次ががらりと戸を開けると、薄明かりの中で琴若が倒れていた。ひどく顔色が悪い。

「どうしたんだ、おい！」

揺すってもまるで動かない。人形のようだった。

嫌な記憶がよみがえる。銀次を育ててくれた与作がある日、起きてこなかった。いつも自分より先に起きているはずなのにと起こしに行ったら、やはり人形のようになっていた。

「琴若！　どうしたんだ」

まだ体は温かい。さっき咳き込んでいたから死んではいないはずだ。

「おい、起きろ！　起きろったら！」

頬を平手打ちすると、琴若の目がかすかに開いた。

「琴若！」

「うるさいねぇ……」

ひどくかすれた声が聞こえた。

「なんだ、何があった？」

「何もないよ。帰っとくれ」

「具合悪そうじゃないか。卒中か？　待ってろ、医者を呼んできてやる」

「余計なことしないでいいから。あんたは本当に間が悪い……」

「なんだよ、そりゃ。せっかく来たのに」

「頼むからゆっくり死なせておくれよ」

「はあ？　なに言ってるんだ」

ふと、琴若の横に白い薬包紙が落ちているのが目に入った。近くに水が少し残った茶碗《ちゃわん》がある。背筋が寒くなった。

「あんた、毒を飲んだのか？」

「そうさ。もう助からないよ」

　琴若が薄く笑った。

「なんでだ！　なんでこんなこと……」

「生きるのに飽いちまった。この薬は前から持ってたんだ。あの人が死んだときから、いつ飲もうかってずっと考えてたよ」

「何言ってやがる！」

「私、見たんだよ。火の中でね」

「えっ？」

「近くの長屋も燃えたろ？　ここも危ないかと思って見に行ったんだ。そしたら、ぼうぼう燃える赤い火の中にね、あの人がいたんだ……。私を呼んでた」

「お前を助けてくれたって旦那か？」

「あの人は火の中で死んだんだ。会えてうれしかったよ。何年ぶりかで生き返ったような気がしてね」

「馬鹿なことを言うんじゃねえ。見ろ、こいつを」

　銀次は、かわら版を広げた。

「あんたの名前が筆頭だ。江戸で焼け出された何人もがあんたに感謝してる」

「ふん。百人束になったって、あの人にはかないやしないよ」

「琴若……」

「やっとわかった。疲れ切っちまってたんだ。もうとっくに私は死んでたんだよ」

琴若が目を閉じた。

「ふざけんな」

銀次は琴若をかつぎ上げた。

「まだ俺がいるだろ」

「なんだって？」

「俺がお前をもらってやる。女房になりやがれ！」

一刻も早く医者に見せなければならない。銀次は走り出した。

「はっ。はははは、はっ」

琴若がおかしそうに笑った。

「もとは遊女だったんだよ、私は。出がらしの茶っ葉みたいなもんさ。金貸しをしてたっぷり恨まれてるし、それを嫁にもらおうってのかい？」

「俺だって大したもんじゃない。筆一本でなんとかしのいでるだけの根無し草さ。気にすんな。楽しくやろうぜ！」

琴若を抱きしめた。不幸だけを味わったまま死なせたくなかった。

「あんたはつくづく馬鹿だねえ」

琴若が笑おうとして咳き込んだ。

「おい、もうしゃべるな！」

「あんたは私の好みじゃない」

「ええっ」

「もっと優男が好きなのさ。丁寧で品がよくてね。あんたは私の気持ちってもんをまるで考えてない」

「なんだよ、そりゃ」

せっかく勇気を振り絞って言ったのに台無しだ。

「でもね、ありがとよ。ちょっとは女の花道をつくってくれたね」

琴若の体が少し軽くなった。

「おい、しっかりしろ。医者はもうすぐだ」

「あんたは生きな。床下に三百両ため込んである。好きに使っていい……」

「琴若、死ぬな！」

銀次は必死に走り続けた。

第二章　アマビコとアマビエの予言

「それでどうなったの？」

芳徳が聞いた。この日もようやくかわら版の仕込みを終えた二人は、大川沿いを歩いていた。

地震のあと、いち早く新築された家からは、切り出されたばかりの木の甘酸っぱい匂《にお》いが流れてきている。

「どうもこうもねえよ。良庵《りようあん》先生ときたらいきなり琴若の喉《のど》に手を突っ込んでな。げえげえ吐いて見てられなかったぜ」

良庵は八丁堀に診療所を開いている医者である。口は悪いが腕はいいと評判の医者だ。

「よかった……。助かったんだね！」

芳徳が笑顔になった。

「まあな。人騒がせな女だ」

銀次は吐き捨てた。

「ようするに、袖《そで》にされたってことだね、銀次は」

「違う。俺《おれ》が嫁にもらうといえば、気力が湧《わ》くかと思ってだな。助けるための方便さ」

「銀次に言い寄られて、よけいに死にたくなったんじゃない？」

「おい、怒るぞ」

「琴若さんが弱ってるときにつけこんだのに、残念だったね」

「だから違うって」

　銀次はむくれた。あそこまできれいに断られるとは、勇気の出し損である。

「見た目だけで好きって言っても駄目なんじゃない？　そういうの、女の人ってわかると思う」

「ろくに女と付き合ったことのないお前に、女心がわかるのかよ」

「それくらいはわかるよ。たとえば琴若さんの見た目のほかにどこが好きなの？」

「そりゃお前、色は白いし、こう腰つきだって色っぽいしな」

「それも見た目でしょ。好きなものが同じだとか、生き方が似てるとか、そういうのはないの？」

「む……。そりゃわかんねえな。あんまりしゃべったことねえし」

「ほら。そういうとこだよ」

芳徳が笑った。

「四の五のうるせえやつだ。ついて来いと言って来ないやつとはうまくいかねえ。それだけのことさ」

「銀次にも誰《だれ》か見つかるといいね」

「今に出てくるさ。話のわかる女が」

強がったとたん、腹が鳴った。

「そろそろ飯の時間か」

「そうだね。今日はどこで食べる？」

芳徳が聞いた。

「よし、お延ちゃんのところに行こう」

銀次は元気よく言った。美人は琴若だけではない。かわいいお延を見て、しぼんだ心を癒《い》やすことにした。

久々に嶋村屋へ足を運んでみると、屋根の修理も終わり、店は早くも再開していた。

もっとも、すぐに商いをしないと食べていけないということもある。

座るなり、お延が燗《かん》をつけた酒を出してくれた。

「あのときはありがとうね。助かったわ」

「なに。当然のことをしたまでよ」

銀次が温かい酒をあおりつつ、お延を見た。やはり美しい。今日はことさら肌が白く輝いて見える。すぐ立ち直れそうな気がした。

「一文のかわら版も噂《うわさ》になってたわ」

〈安政の大地震〉とのちに呼ばれる地震において、極楽屋が、ただ同然で売ったかわら版で出火場所をいち早く知らせたことは江戸中で評判になっていた。

「焼け出されたやつらから金をむしり取れるかよ」

格好をつけて言いつつ、横目でお延を見つめる。

「私、見直した。今まではただの調子のいい人だと思ってた」

「困ったときに頼りになるのが本当の男ってもんさ」

お延が潤んだような目で銀次を見た。

(どうだ、芳徳！　女のほうから寄ってきたぜ)

鼻息荒く芳徳を見つめたが、芳徳は熱心に品書きを読んでいた。腹が減っているのだろう。間の悪い奴《やつ》だ。

しかし、お延の見る目が変わった今こそ、いい機会かもしれない。

「お延ちゃん。よかったら今度、芝居でも一緒に見に……」

そこまで言ったとき、お延が口元を手で押さえた。

「どうした？」

「なんだか気持ち悪くて……」

「えっ、大丈夫か？」

「うっ！」

お延がえずいた後、いきなり座り込んで吐いた。

「ど、どうした」

銀次が背中をさする。

「もしかしてつわりじゃない？」

芳徳が心配そうに聞いた。

「ばか！　お延ちゃんはおぼこだ」

つい願望が口から飛び出したが、お延は腹を押さえ、いかにも苦しそうだった。

「芳徳、良庵先生を呼んでこい」

「うん！」

芳徳が立ち上がる。

「おい、誰か来てくれ！　お延ちゃんが大変だ」

銀次が叫ぶと店の者もすぐやってきた。

「寝かせろ。そっとな……」

座敷の端に横たえられたお延の帯を、店の女中がゆるめる。

（卒中か？　それとも悪いもんでも食べたのか？）

やきもきしていると、芳徳が良庵を連れて戻ってきた。


「まったく……。急《せ》かしおって」

良庵は食事中だったらしい。

苦しそうにあえぐお延を見て言った。

「女に毒を飲ませたと思ったら、次は病か」

「飲ませてねえ！　琴若は勝手に飲んだんだって」

「ふん。お前なんざ疫病神《やくびょうがみ》だ」

「そんなことねえ。どっちかっていうと、道祖神《どうそじん》とか七福神とか、人を助けるほうだろ？」

「物《もの》の怪《け》のかわら版ばかり書いて、たたられたんじゃないか」

悪《あ》しざまに言いながら、良庵はさっそく手当にかかった。憎まれ口は叩《たた》くが腕はいい。そして見立ても早い。

お延の口を開け、喉をのぞき込む。そして額に手を当てた。

次第に、良庵の顔つきが険しくなってくる。

「おい、銀次。この娘さんは、かなり吐いたか?」

「ああ、何度もな。熱もあるのか」

「いや、逆だ。冷たい……。死にかけとる」

「ええっ! おい、なんとかしろ」

銀次は不安でいっぱいになって思わず叫んだ。

良庵は銀次を無視してお延の手のひらを見た。指の腹には細かいしわが寄っている。

「間違いない。これは……」

良庵の顔がさらに曇った。

「なんだよ、はっきり言えよ!」

「コロリだ」

「……コロリ?」

「ころりと死ぬからそう呼ばれている疫病だ。西国の病なんだが……。今は江戸にも来ているらしいな。噂は本当だったのか」

「なんだよ、コロリって。治るんだろ？」

「わからん。とにかく、ありったけの水を用意せい。それと塩もだ。早くせんと死ぬぞ」

「み、水……。おい、早く持ってこい！　いや、俺が行く」

銀次は台所へ走り込み、瓶《かめ》ごと水を持ってきた。

「持ってきたぞ、先生！」

「塩を入れてゆっくり飲ませろ。一刻《いっこく》を争う。急げ」

「ゆっくりなのか急ぐのか、どっちなんだよ！」

叫びつつも、お延に少しずつ水を飲ませる。

（お延ちゃんが死ぬなんて……。そんなことあってたまるもんか！）

しかし足が勝手に震えだす。

「コロリって、うつる病ですか」

芳徳が聞いた。

「うつる。お前たちも気をつけろ。白い便が出たら危ない」

「白い便？　そんなのあるのか」

「銀次、これはかわら版でみんなに知らせたほうがいいんじゃない？」

芳徳が言った。

「今はかわら版どころじゃねえ。お延ちゃんが……」

「いや、それがいい」良庵が言った。「芳徳の言うとおり、かわら版に書け。一刻も早くだ。まずは生水を飲むな。水は沸かしてから使え。それから、この病にかかったら塩を一つまみ入れた水をたっぷり飲めとな」

「お延ちゃんは大丈夫なのかよ」

お延はぐったりとしている。

「お前がいてもいなくても、この娘の容態は変わらん。わしが看《み》ておるから、さっさと行け。うつるから店の者たちも遠ざけろ」

「お延ちゃん……」

うろたえていると、お延の目がかすかに開いた。

「銀ちゃん、私のことはいいから行って。みんなに知らせて」

苦しそうに言う。

「わかった。絶対に死ぬなよ。俺はお延ちゃんの店で飲む一杯が何よりも好きなんだ」

「一杯じゃすまないでしょ……」

お延がかすかに笑った。

「ああ。これからもたっぷり飲むよ。行くぞ、芳徳」

「うん！」

「良庵先生。あんたがコロリに詳しくて助かったよ」

銀次が頭を下げた。

「なに……。去年大坂の適塾《てきじゆく》を訪れたときにたまたま聞いたんだ。この病については緒方洪庵《おがたこうあん》先生がよく研究されとってな」

緒方洪庵は足守《あしもり》藩士だが、同時に医師であり、蘭学者でもある。診察のかたわら、適塾を開いて人材を育てており、西国きっての英才と言われていた。

「医学でも外国のほうが進んでるのか。くそっ、日本はほんとに遅れちまったな」

「洪庵先生にコロリの話を聞きたいけど、大坂じゃちょっと無理だね」

「象山先生ならわかるかもしれねえけどな」

「だめだよ。今、象山先生は松代で蟄居《ちつきよ》させられてるじゃない」

「そうか、そうだった」

銀次は頭を抱えた。佐久間象山は松陰の密航の告白により、文久《ぶんきゆう》二年（一八六二）

まで、松代での蟄居を余儀なくされている。

「ご公儀はいったいなにやってんだ。役に立つ者ばかり捕らえやがって」

「ほんとだね。でもとにかく、コロリのことを早く書かないと」

芳徳が言う。

「くそっ、黒船の次は地震に火事で、今度はコロリか。いったいどうなってやがる。先生、お延ちゃんを頼む！」

銀次と芳徳は店を飛び出した。

銀次たちが情報集めに飛脚問屋をまわり、帰ってきたときにはもうすっかり夜が更けていた。

「銀次、挿絵《さしえ》はどうしようか」

「そうさなぁ。コロリを避けるため、一番大事なことだ」

突然飛び込んできた大ネタだが夜明けまで時がない。彫り屋や摺《す》り屋の作業の時間もある。

「よし。食べていいもの、悪いものでいこう」

「そっか！　麻疹絵《はしかえ》と同じだね」

麻疹絵とは、かつて〈命定め〉と恐れられた麻疹が大流行したときに絵師たちが描《か》いた錦絵《にしきえ》である。麻疹の予防や心得、病よけのまじない、食べてよいもの悪いものや、病の後の養生などについても書き添えてあった。食べていいのは、麦、あずき、さとう、みそづけ、さつまいも、れんこん。悪いのは、梅干し、牛蒡《ごぼう》、そら豆、果物などと書かれていた。庶民はこれを見て、予防や治療に努めたものである。それをコロリにも流用しようという考えだった。

「コロリは井戸水がだめなんだったな」

「みんなで井戸を使ってて、そこからうつるんだね」

「だから水は沸かしてから飲むんだな。あとはたっぷり水を飲めってことだ」

「良庵先生は塩を一つまみ入れろって言ってたよ」

「ああ、そうだった。間違いのないように気をつけねえと」

「麻疹のときは風呂屋《ふろや》がひどい災難だったからね」

「ああ。あれはまずかった」

銀次は苦笑した。

かわら版が後先考えずに「食べてはいけないもの」「やってはだめなこと」を書くと、関連する店は重大な被害を受ける。麻疹のときには、あるかわら版屋が「入浴するべからず」と書いた。すると町民たちは風呂に行くことを控え、風呂屋は軒並みつぶれた。そのため、かわら版屋の版元は風呂屋の寄り合いから袋叩きにあった。

かわら版屋は、いたずらに恐怖を煽《あお》るだけでなく、悪く書いたときにどうなるか、泣く人はいないかなど、諸方への影響を考えて書くのが流儀である。そのあたりは銀次も心得ていた。

「あとは、魔除《まよ》けのまじないの絵が欲しいな」

銀次の頭の中にぼんやりとした絵が浮かんだ。はるか昔、子供のとき、かわら版で読んだことがあったような気がする。

「おまじない？」

「魔除けになるような何か……。どこだっけか」

銀次は急いで部屋の奥に置いてある大きな行李《こうり》を開け、かきまわした。その中には銀次を養ってくれた与作じいさんが買いためていたかわら版の束がとってある。

「あった！　これだ、見てみろ」

銀次は芳徳に古く色褪《いろあ》せたかわら版を見せた。

「なにこれ。三本足の蛸《たこ》？　でも毛むくじゃらで猿みたいだね」

「それは越後《えちご》の国のアマビコという物の怪だ。もうひとつあるぞ」

銀次はもう一枚、かわら版を取り出した。

「こっちは肥後《ひご》の国のアマビエだ。どっちも疫病にご利益がある」

「へえ、物の怪なのに優しいんだね」

芳徳がふたつの絵をまじまじと見た。

天保《てんぽう》十五年（一八四四）、越後国（現在の新潟県）に出現した〈アマビコ〉は、その怪異な姿に驚く民衆に向かって、「近いうちに日本の人々の七割が死滅するだろう」とおごそかに予言した。ただし、「私の絵姿を見た者は無病長寿となる。早々にこのことを全国に広めよ」と告げたという。

また、〈アマビエ〉は、弘化三年（一八四六）四月、肥後国（同熊本県）に現れた。毎晩、海中に光る物体が出没したため、現地の役人が確かめに行ったところ、長髪の魚人が滑るように歩いて砂浜に上がり、「私は海中に住むアマビエと申す者なり。当年より六年の間は諸国で豊作が続くが疫病も流行する。私の姿を描き写した絵を人々に早々に見せよ」と告げて、再び海の中へと消えていった。

「なんだか似たような物の怪だね」

芳徳が言った。

「物の怪というより神さまに近いかもな。みんなに危機を知らせ、それを避けるためには自分の姿を見せろって忠告してるんだ。いわば神を体に取り込んで、病魔を遠ざけようってことだろうな」

「魔除けやお札みたいなもの？」

「疱瘡《ほうそう》がはやったときも源 為朝《みなもとのためとも》や鍾馗《しょうき》さまの赤い錦絵が魔除けになったしな」

源為朝は平安時代の、名うての暴れん坊である。暴れすぎて九州に追放されたが、たちまちその一帯を制覇し、平気な顔で〈鎮西八郎《ちんぜいはちろう》〉と称していた。その後、さらに伊豆大島《おおしま》に流刑にされたが、今度は伊豆諸島を支配し、その地方で恐れられていた病魔すら追い払った。この故事により、疱瘡が流行した際には、門口に「為朝の宿」「為朝ここにあり」などと書いた紙を貼《は》るまじないが流行《はや》った。病も、為朝のような恐ろしい者がいるところには近づかないということである。

「アマビコとアマビエの姿を見た者には病魔が近寄らないってことだね」

「そうだ。だからその姿をかわら版に載せる。お前がアマビコとアマビエの絵を描け」

「ええっ⁉」

「それを買った客はコロリを逃れるって寸法さ。みんなの家の神棚に貼ってもらおう。こいつは売れるぜ！」

銀次が目を輝かせた。

「でもこのアマビエの絵はちょっと……」

芳徳が眉《まゆ》を寄せた。

「どうした。描くのが厄介なのか？」

「そうじゃないよ。なんか子供の描いた絵みたいなんだもん。構図もおかしいし」

「このかわら版屋にはいい絵師がいなかったんだろうな。お前の腕でもっと映える絵にしてやれよ。髪なんかざんばらだから、髷《まげ》を結ってやるとかよ」

「勝手に変えて神さまに怒られない？」

「神さまも色男になって喜ぶさ」

「神さまって男なのかなぁ」

首をかしげながらも芳徳は素早く下描きを始めた。銀次もさっそく、文案を練り始める。

飛脚たちの話によると、このコロリという病はやはりまず西国で広がった。長崎《ながさき》では〈トンコロリン〉と呼ばれ、他の地方では〈鉄砲〉や〈見急《けんきゅう》〉などとも言われていた。そのうちに、あっという間に死んでしまうことから、「ころりと頓死《とんし》する」ということで、〈コロリ〉という名が浸透し、徐々に東進してきたということである。

翌日、銀次は編《あ》み笠《がさ》を目深にかぶり、深川のいつもの辻《つじ》に立った。横には芳徳がついている。重要な報《しら》せは売り子ではなく、自分の目で反応を確かめたい。

かわら版の束を天に掲げ、通りかかる人々に向かって声を張り上げた。

「なんとなんと流行り病が出たよ。かかればころりと死んじまう。その名もコロリだ。いいか、井戸水はぜったいにそのまま飲んじゃだめだぜ。詳しいことはこのかわら版に書いてある」

「コロリなんて聞いたことないね」

通りかかった年増女《としま》がちらりとかわら版をのぞいた。

「これからはやるんだ。あらかじめ知っているのと知らないのとではえらい違いだぞ。西国ではもう何百万もコロリで死んでる。恐ろしい病だ」

「ほんとかい？　嫌だねえ……」

「大丈夫だ。この極楽屋がきちんと魔除けを用意した。このアマビコとアマビエの絵を飾れば、あらびっくり！　コロリの病魔が恐れて退散する。疱瘡には源為朝、コロリにはアマビコとアマビエ、二人の海の神さまだ」

銀次が見せたかわら版には三本足の蛸のようなアマビコと、ちょんまげを結ったアマビエの姿があった。

「ほんとに効き目はあるのかい？」

「越後と肥後でてきめんに効いた絵だぞ。今のうちに買っとかないとなくなるぜ？」

「ひとつもらうわ。井戸水がだめって言ったね」

「そうだ。沸かしてから料理に使えばいい」

「本当かねぇ……」

年増の女は半ば苦笑しながらかわら版を見つめた。少なくとも井戸端での無駄話でネタにはなるとは思ったのだろう。

コロリはまだ流行し始めたばかりであり、人々はその脅威を感じてはおらず、銀次たちのかわら版に目を留める者は少なかった。

しかしコロリの感染はどんどん増えていった。この病が江戸で本格的に猛威を振るうのは安政五年（一八五八）の夏のことである。

「おい銀次！　いるか！」

ドンドンとねぐらの戸を叩く音で銀次は目を覚ました。

「なんだよ、朝っぱらからうるせえな。今日は休みだ！」

文句を言いつつ戸を開けてみると、摺り師の八之助が立っていた。銀次がかわら版屋を始めたときから摺りを任されていた八之助は、今では複数ある摺り屋の元締めとなっており、恰幅《かっぷく》もよくなった。近頃《ちかごろ》では摺りも弟子に任せて隠居して、悠々自適といった塩梅《あんばい》らしい。

その八之助が珍しく興奮していた。

「長屋の連中からアマビコとアマビエの絵をくれって言われてるんだ。またあのかわら版を書いてくれないか？」

「アマビコ？　あれはもうだいぶ前の話だぞ」

「コロリにかかったやつが欲しがってるんだ。苦しくてたまらねえとかで。長屋のやつがほとんどコロリになっちまったらしい」

「ええっ？　いきなりかよ。まずは見に行かせてくれ」

銀次はとるものもとりあえず、八之助と走り出した。

芳徳も慌ててついてくる。

八之助の案内で、コロリが広がっているという長屋をのぞいてみると、あちこちで赤ん坊の泣きわめく声が聞こえた。

どこの家の戸も大きく開かれたまま、住人が表に出てきては嘔吐《おうと》を繰り返している。こんなにコロリの患者が集中しているのは初めて見た。

「銀次、原因はあれじゃない？」

芳徳が長屋の共同の井戸を指さした。

「やっぱり井戸の生水か」

銀次がうなったとき、八之助が言った。

「それが変な話なんだ。お前のかわら版の絵を神棚に飾った家だけはコロリにかから
なかったんだ」

「ぜんぜん変じゃねえ。効き目はあったんだ……」

銀次が感慨深げに言った。もっとも、コロリにかからなかった家では、銀次の書い
たとおり、井戸水を沸かして飲んでいたのかもしれない。

「なあ銀次。あの絵でコロリは治るのか？」

八之助が聞く。

「いや、あれはかからないようにする魔除けだ。かかっちまったらしょうがねえ。水
をたっぷり沸かせ。塩を溶かして全員に飲ませるんだ。急げ」

「おいらは塩を調達してくるよ」

芳徳が言う。

「よし。俺は良庵先生を呼んでくる。八之助、あんまり近づくな。うつるぞ」

「ひええっ。俺は家に閉じこもるよ！」

八之助は長屋の大家に指示するように、逃げるように自分の店《たな》へと帰っていった。

銀次が日本橋の近くにある良庵の家へ着くと、門前には大勢の患者が列をなしていた。何人かは道端にうずくまり、げえげえと吐いている。

（やべえ……。こいつらみんなコロリか）

コロリは、感染した者が一定の数を超えると爆発的に増加する病である。銀次はその恐ろしさをまだ知らなかった。

銀次は裏に回って庭に踏み込んだ。

開け放たれた縁側から中をのぞくと、腕まくりをした良庵が患者の手当てをしていた。髪の生え際の後退した額にはびっしり汗が浮いている。

「先生！　猿江の長屋でコロリが出たんだ。診てくれねえか」

「ばかもん！　見てわからんか。手一杯じゃ！」

良庵が顔だけをこちらに向けて怒鳴った。

「長屋の連中がみんなコロリになっちまったんだ。沸かした水を飲ませたあとはどうすりゃいいんだよ」

「誰も近づかないようにして寝かせて、滋養になるもんを食わせろ。運がよければ助かる」

「薬はないのか⁉」

「ない！」

良庵が叫び返したとき、表のほうが騒がしくなった。

「なんだってんだ、いったい」

銀次が表に回ってみると、三人の侍が、病人の列に割り込もうとしていた。

「どけ！　急ぎの用がある」

居丈高に大声でわめきながら、良庵の家へと入っていく。

「やい、用があるならちゃんと並びやがれ！」

銀次が叫んだ。

とたんに、侍の一人が振り向いた。

「誰だ！　今無礼なことを言った奴は。我らは旗本長岡《ながおか》家の者なるぞ」

侍たちは肩を怒らせた。

（ははあ、こいつらが噂の……）

銀次は記憶をさぐった。たしか長岡利右衛門《りえもん》は小普請組の旗本の次男坊で、その取り巻きの者たちはまるで旗本奴《やっこ》のような札付きの不良侍だったはずだ。慌てているところを見ると、どうやら長岡家でもコロリの病人が出たらしい。

「お前か！」

侍の一人が銀次をにらみつけて言った。

「なんのことです？」

銀次はそしらぬ顔をした。

「愚弄《ぐろう》するとただではすまさんぞ」

侍の一人が刀を抜いた。何かといえばすぐ刀を抜くところまで旗本奴のようだ。

（こりゃまずい）

銀次が身構えたとき、良庵の家の中からよく通る声がした。

「静かにしろ。火急のときだ」

「なに⁉」

三人の侍たちが家のほうを見ると、男がひとり戸口から出てくるところだった。涼しげな面立ちをした美丈夫である。

背負っている荷物を見れば、薬売りと知れた。

「なんだ、お前は！」

「静かにしろと言っている。みんな苦しんでいるのがわからないのか」

薬売りが言った。

（こいつはまずい）

銀次は思った。旗本奴どもはいらついており、刃傷沙汰《にんじょうざた》になるのは目に見えていた。並んでいる病人たちも、これから起こるであろう悲劇を予想し、薬売りから目を背けた。

「薬売り風情《ふぜい》が何を言う。町人などどうでもいい。後回しにせよ。くだらぬことをいうと容赦せんぞ」

「いや、こいつはもう助からん。舐《な》めたこと言いやがって」

唇をゆがめたもう一人が刀を抜いた。

旗本奴たちが町人を斬《き》ったとしても、まず罪に問われることはない。目撃した人々も仕返しを恐れ、みな口をつぐむ。

こんなときは騒ぎを起こすしかないだろう。火事だ、と銀次が叫ぼうとしたとき、旗本奴の一人がもんどり打って倒れた。

「へっ？」

銀次は間の抜けた声を上げた。

侍の一人が地面でのたうち回っている。

どうやら薬売りが何かしたらしい。動きが速すぎてまったく見えなかった。

「な、何をした……」

侍の一人が驚いて問う。

「来い」

薬売りは良庵の家の戸口にあった心張棒《しんばりぼう》を握って構えた。

（すげえ）

銀次は目をみはった。一分の隙《すき》もない構えである。かつて剣術道場番付を書くときに、江戸の有名な道場を回ったが、高名な剣士はみな、隙のない構えだった。素人目にもわかる。いい構えはぴたりと美しい。無駄も迷いもない。

しかし目の前の薬売りが、なぜこんな美しい構えを取れるのか――。

「下郎、歯向かうつもりか！」

侍の最後の一人も刀を抜いた。

「時間の無駄だ。早く来い」

薬売りはむしろ退屈そうに言った。

「この野郎！」

侍が斬りかかるやいなや、ぶん、という音と、木が折れたような音が同時にした。

「ぎゃっ！」

侍の一人が倒れ、脛《すね》のあたりを押さえて転げまわる。

「まさか……。柳剛流《りゅうこうりゅう》か？」

まだ一人だけ立っている侍がつぶやいた。

〈柳剛流〉は尋常な剣術ではなく、薙刀《なぎなた》のように足を狙《ねら》う喧嘩《けんか》剣法である。

「仲間を連れて早く帰れ。商売の邪魔だ」

薬売りは心張棒を置くと、背を向けた。

そばでは最初に倒れた侍と、脛を折られた侍がうめいている。

「お、覚えておれ」

侍たちは互いに肩を貸しあって立ち上がると、ひょこひょこと歩き、逃げていった。

（なんだこいつは。天狗《てんぐ》か？）

銀次は目をしばたたいた。

「助かったよ、歳三《としぞう》さん」

いつの間にか、戸口にいた良庵が言った。騒ぎを聞きつけて出てきたのだろう。

「このごろの侍というのは口だけですな」

歳三と呼ばれた薬売りが言ったとき、遠くから呼子の音が聞こえた。

「む？」

「あんた、逃げな。役人が来る」

「さっきの奴らか」

歳三が聞く。

「卑怯《ひきょう》な奴らさ。おおかた、あんたのことを辻斬りとでも訴えたんだろうよ。こっちだ」

銀次は走り出した。歳三もついてくる。銀次は歳三と細い路地に飛び込み、路地伝いに逃げて川べりに出た。

「ここまで来ればもう大丈夫だぜ」

「もう一人もやっておくべきだったな」

歳三が微笑《ほほえ》んだ。

「ああ。そのほうがここらの町人はみんな助かる」

銀次も笑った。

「お前は何者だ」

「俺はかわら版屋さ。役人から逃げるのはお手の物でね」

「借りができたな」

歳三が言った。

「なぁに。あんなところに一人で飛び込んで行くなんざ、なかなかできねえよ。胸がすいたぜ」

「筋が通らぬことは好かん」

「へえ……」

銀次はあらためて歳三を見た。美丈夫な上に腕が立ち、心までぴしりと芯《しん》が通っている。なにやら、武士よりも武士らしい。

「強いな、あんた。どこの人だい。千葉道場か？　それとも桃井《ももい》道場か？」

「天然理心流《てんねんりしんりゆう》だ」

「天然理心……？」

聞いたことはなかったが、歳三ならきっと免許持ちだろう。

「じゃあな。俺は行く」

歳三は悠然と背を向けて去っていった。大きな薬箱をしょっている。あの重い荷物を持ったまま、三人を相手にしたのだ。

良庵の家に戻ってみると、ようやく患者も途切れ、一息ついたところだった。

「良庵先生、あの薬売りは何者なんだい」

気になって銀次は聞いた。

「あれは、うちによく来る薬売りだ。石田散薬《いしださんやく》という切り傷に効く薬を売り歩いている」

「へえ……」

「なんでもご先祖さまが河童から薬の作り方を習ったらしいがな」

「河童だって？」

銀次は思わず笑った。妙なところで縁がある。

「おい、銀次。ぐずぐずしてていいのか。長屋でコロリが出たんだろう」

「うわっ、そうだった！　先生、コロリになった奴は、誰も近づかないようにして寝かして、滋養になるもんを食わせればいいんだよな？」

「そうだ。あと、便は下肥にするなよ。畑にまけばまたコロリが広がる」

「わかった」

銀次は矢立《やたて》で書き留めると、急いで猿江の長屋に引き返した。防ぎ方を知っていると知らないとでは、大きな違いがある。この病の詳細を知る医者は江戸に少なく、庶民はかわら版に頼るしかない。疱瘡でも麻疹でも、疫病は正しい方法で早く対処することが何よりも大事だ。

銀次は翌日、ふたたびアマビコとアマビエを載せたかわら版を売った。コロリの噂は町中に広がっており、かわら版は飛ぶように売れた。

同時に食べていいもの悪いもの、そしてコロリにかかったときの対処法も載せた。良庵と知り合いだったということもあり、コロリの対策に関して書いたかわら版は極楽屋が一番早かった。

しかし、翌日になると、大和屋のかわら版のほうが売れ出した。

「見てよ、これ！」

芳徳が手に入れて来た大和屋のかわら版には「虎狼痢《ころり》、現る」という題目で、雄々《おお》しい虎《とら》の絵が描かれていた。

「くそっ、虎の絵か」

虎は一日で千里を駆けるという。病の伝播《でんぱ》の速さを虎にたとえたところは商売敵《がたき》ながら見事であった。しかも虎狼痢の挿絵は、半分虎で半分が狼《おおかみ》という恐ろしい姿である。今にも襲《おそ》いかかってきそうだった。

庶民はまず怖れに反応する。銀次のほうはコロリの見立て番付やアマビコ、アマビエの滑稽《こっけい》さで笑わせたが、やはり笑いよりも恐れのほうが耳目を引く。

「『コロリになったらどうするかはまた明日』って書いてある。ずるいね」

「気を引くだけひいて、その日には結末を言わねえ。明日、明後日《あさって》とかわら版を何枚も買わせる手だ。大和屋の野郎め、こんなもん、焚《た》きつけにしてやる！」

銀次は虎狼痢のかわら版をくしゃくしゃに丸めて火鉢に放《ほう》り込んだ。

そして翌日、大和屋の売り出したかわら版に書かれたコロリへの対処法を見たとき、
銀次の怒りは頂点に達した。

大和屋の書いたコロリを防ぐ方法は、極楽屋のかわら版そっくりそのままだったのである。とくに「便を肥にするへからず」のところは銀次がうっかり濁点を忘れ誤った字を書いてしまったのだが、その誤字までまったく同じだった。

「大和屋の野郎、うちの記事を盗みやがった！」

「あっちはコロリに詳しい人が見つからなかったんだね……」

「許さねえ」

銀次は家を飛び出して、さっそく大和屋に乗り込んだ。

「やい、大和屋！　うちの記事を盗みやがって。どういうつもりだ」

しかし太次郎は悠然と構え、銀次の抗議など、どこふく風であった。

「たまたまだろう。俺だっていろんなところから話を聞いてる」

太次郎はにやにやしながら言った。反省の色はまるでない。

「嘘《うそ》をつけ。誤字までうちといっしょじゃねえか。動かぬ証拠だろ」

「それもたまたまじゃないのか。珍しいことが起こるよなぁ。ま、百歩譲って同じだとしても、病を治す方法なら、よく広まったほうがいいだろう？　それがお前の考え方じゃねえか。庶民のためのかわら版なんだろ」

「そりゃあそうだが……」

銀次は一瞬、言葉に詰まった。

「でもこいつはやっぱり汚ねえ。先にひとこと言えば俺だって考えるさ。てめえには誇りってもんがないのか」

「いちいちうるせえな！　じゃあ銀次、言わせてもらうが、てめえは大地震のとき、俺に縄張りを譲ると言ったよな。あの約束はどうなった？」

「ああ、あれか……」

すっかり忘れていた。銀次は都合の悪いことはすぐ忘れてしまうたちである。

「お前が何も言ってこないからよ。俺の男気に惚《ほ》れて、無いことにしてくれたのかと思ってたぜ」

「調子のいいこと言うんじゃねぇ。俺は極楽屋がきれいさっぱり消えてなくなるのを楽しみに待ってたんだ。それがどうだ。約束も守れねえくせに、四の五の文句つけて来るんじゃねえ、このとんちき野郎！」

「うるせえ、泥棒野郎！」

「いいか、大和屋には太客がついてる。すぐに潰《つぶ》してやるからな」

「こっちだって今や大人気よ。二度と記事を盗むんじゃねえぞ！」

悪態を飛ばし合い、二人は決裂した。

（やっぱり嫌な野郎だ）

しかし太次郎の言う通り、対処法が少しでも庶民に広まったのはたしかによかったのかもしれない。病魔の絵で脅してかわら版を売るだけでは、病への効き目はないだろう。

知識のない者たちは、いまだに平気でコロリの病人の便を売り続けていた。江戸では人糞《じんぷん》だけでなく、鳥の糞までしっかり買い手がおり、肥料として畑で使われている。

それがコロリの流行を加速させてしまった。

＊＊＊

「ふふ、大鯰《おおなまず》の次は半魚人か」

鹿児島《かごしま》城本丸御殿にある厠《かわや》でかがんでいた島津斉彬は、極楽屋のかわら版に描かれたアマビコとアマビエをながめながら笑みを浮かべた。

　西郷吉之助が買い求めている百枚のかわら版は、斉彬が命じて買わせたものである。関係各所に配り、余ったものはちり紙として厠の隅に置かれていた。

「はっ。市中ではコロリがはやり、死者も大勢出ています」

　厠の外で待機している吉之助が答えた。

「大和屋のほうは虎と狼の物の怪か」

　斉彬は違うかわら版を手に取って言った。

「よく売れたのは大和屋のほうだったようです」

　大和屋のかわら版も数十枚積まれている。他にもいくつかの、違うかわら版が厠に並べられていた。

　進歩的な考えを持つ斉彬は、兵や武器だけでなく情報も大事にしていた。幕府にあっても市井においても情報の収集は欠かさない。

「大和屋は徳川に操られているのだな？」

「はっ。公儀隠密《おんみつ》が動いているようです。極楽屋のほうは好き勝手にやっているようですが」

「しかし一本筋が通っている。庶民の味方をしているのだな」

「佐久間象山の影響かもしれませんな」

「おお、あの物知りか。なかなかやっかいな御仁だが」

「少々癖が強すぎるようです」

「それでも役には立つ。幕府では使いこなせないようだな」

斉彬は大きなため息をついた。

「徳川の対応はひたすら遅うございます」

吉之助が言った。

「いかにも。災難が続いておるのに幕府は動かぬ。コロリのときとて箱根の関を封鎖するのにどれだけ時がかかったか。かわら版屋のほうがよほど役に立っておる」

「動きが早くて驚きます」

吉之助が答えた。

「徳川の世は長すぎた。権力を長く持てば、どんな優れた家柄でも退廃することは、古今東西の歴史が証明しておる。日本は存亡の機を迎えておるのだ。今こそ変わらねばならぬ」

「はっ」

「それにしても、先の地震で藤田東湖殿が命を落としたのは痛いのう」

「まこと残念にございます」

厠の戸の外で、吉之助が沈痛な表情になった。

藤田東湖は、幼少時より学才豊かで神童とうたわれた。水戸学を極めて徳川斉昭に見出《みいだ》されたあとは藩政を改革し、黒船来航の際にも、海防参与として幕政に参画した斉昭を補佐して海岸防禦御用掛《ぼうぎよごようがかり》となり、懐刀《ふところがたな》として力をふるった。

「東湖には会《お》うたことがあったな」

斉彬が聞いた。

「はい。常に理路整然と話され、その言葉に一点の曇りもなく、会ったあとはまるで清水を浴びたかのようにすがすがしい心持ちとなりました。これからも教えを請いたいと思うておりましたが……」

藤田東湖はその多くの著書で幕府の現状に対して悲憤を漂わせ、幕末の志士たちに大きな影響を与えていた。間違いなくこの時代の流れを作った男の一人である。

なお、安政大地震では東湖と並び〈水戸の両田〉と称された尊皇派の志士、戸田忠太夫も命を落としている。水戸藩にとっては大きな悲劇であった。

「斉昭公も気を落としているだろう。政《まつりごと》には静と動の両方が必要だ。この両輪で政はうまく進む。東湖は静だった。どこまでも深く、遠い先のことまで考えていた。動だけでは、井伊《いい》の奸計《かんけい》にもたやすくはまってしまうだろう」

「阿部さまも失意のままお亡くなりになりましたな」

吉之助の大きな顔に悲しみの色が浮かんだ。

老中首座の阿部正弘はアメリカに対して、斉昭とともに攘夷《じょうい》をすすめようとしたが、溜詰《たまりづめ》筆頭の井伊直弼《なおすけ》がこれに反発し、評議は紛糾した。結果、阿部は堀田正睦《ほったまさよし》に老中首座を譲ることとなった。阿部は老中首座の激務がたたったのか、その後すぐ亡くなり、攘夷派は巧妙に実権を奪われ、井伊直弼が大老へと就任した。それは思いのほか素早い動きであった。

「黒船が来たときも、ほかの老中どもは阿部に責任を押しつけていたからのう。諸外国との問題を正面で受け止めていたのはあの男だけよ。だが阿部も、何かというと周りに意見を求め、決断は遅かった。それが命取りになったのだ。正しいことをしようとするのはよいが、完全に正しい答えなどない。迅速に、ひとつに決めねばならぬときがある」

斉彬が言った。

「こうなれば我らが立つしかございません」

吉之助の声に力がこもった。

井伊の一派が勝手に日米修好通商条約に調印したことで、斉彬と井伊直弼は激しく対立し、諍《いさか》いは将軍継嗣《けいし》問題にまでおよんでいた。

十三代将軍徳川家定は病弱で嗣子がなく、斉彬は次期将軍として斉昭の子である慶《よし》喜《のぶ》を推した。しかし大老の地位にあった井伊直弼は、反対派を弾圧して紀州《きしゅう》藩主の徳川慶福《よしとみ》を次の将軍、徳川家茂《いえもち》とすることに成功したのである。

斉彬はこれに抗議するため、藩兵五千人を率いての上洛《じょうらく》を計画していた。

「きっと一泡吹かせてくれようぞ」

「御意。ぜひ私めも……」

吉之助が言いかけたとき、厠から異様なうめき声が上がった。

「殿！　どうかされましたか」

「白い……」

つぶやくような声が聞こえた。

「えっ」

「白い便だ……」

「まさか！」

白い便はコロリのおそれが多分にあった。

「急がねばならぬ」

厠から激しい嘔吐の音が響き、吉之助は血相を変えた。

「と、殿！」

「あわてるな……。沸かした水を持て。それと塩だ」

対処法は極楽屋のかわら版に書いてあった。

蒼白《そうはく》になった斉彬がよろめきながら厠から出てきた。吉之助が立ち上がって素早く着物を直す。

「殿。早うお休みに……」

「吉之助。これはやられたかもしれぬ」

「えっ？」

「このかわら版によれば、コロリにかかった者の便のついたものを食せば数日でコロリになるという。これでは毒見も用をなさぬ。病になるまで時がかかるからな」

脂汗を浮かべた斉彬は苦しそうに笑った。

「まさか、コロリを毒として盛られたと？」

「わしの近くにはコロリになった者はおらぬ。うつりようがない。急ぎ台所の者を検《あらた》めよ」

「はっ」

「もう逃げているかもしれんがな……」

「万が一、毒を盛られたとすれば、やはりお由羅《ゆら》さまの企《たくら》みですか」

「お由羅の後ろにいるのが誰かはわかっておるだろう」

吉之助の顔が蒼白になった。

「もし徳川のしわざであれば、この西郷、生涯許しませぬ」

「憎しみは何も生まぬ。冷静さを失うと道を誤るぞ。目の前の事実に対処するのだ」

斉彬が膝《ひざ》をついた。

「殿！」

「我らはただ日本のために動かねばならぬ」

吉之助はろれつの回らなくなった斉彬を抱いて長い廊下を走った。

「水だ！　誰か、水を沸かして持って来てくれ！」

悲痛な声が廊下に響いた。

＊＊＊

井伊たち一派が日米修好通商条約に調印してすぐ、十三代将軍徳川家定は死去した。

江戸市中ではコロリが蔓延《まんえん》し、火葬が間に合わず、棺桶《かんおけ》が山積みになり、ついには酒樽《さかだる》が棺桶のかわりとして使われた。

そんな中、銀次はかわら版で庶民を励まそうと、長屋の中を一人歩き回りながら、必死にネタを考えていた。

「そうだ、こうなったら奈良の大仏だ！」

銀次は叫んだ。

かつて奈良の大仏は、干ばつや飢饉《ききん》、疱瘡などの疫病を止めるために造立されたと聞く。

「大仏にも働いてもらおう」

銀次が記事を書き出したとき、外出していた芳徳が帰ってきた。

「芳徳！　ちょうどよかった。さっそく描いてくれ。題目は『ついに大仏が動いた！』だ。奈良の大仏が立ち上がって、虎狼痢をひねりつぶすっていう明るい絵だ」

「無理だよ」

芳徳が力なく言った。

「なんでだ」

「広重先生が死んじゃったんだ……」

そう言うと、芳徳の目から涙があふれた。

「歌川広重が死んだって？　なにがあった」

「コロリにかかったんだ」

「そいつは……」

銀次もうなるしかなかった。

広重は歌川一門の売れっ子であり、〈東海道五十三次〉や〈名所江戸百景〉などの風景画の人気が高かった。銀次は北斎《ほくさい》よりも好きだったし、芳徳も同門の先輩たる広重をいたく尊敬していた。その巨匠がコロリであっさり死んだという。

「まだまだあの先生の絵を見たかったのにな。これは追悼しなくちゃなんねえ。そうだ、『大仏、東海道を走る』にしよう。庄野《しようの》の白雨の中を大仏が勇ましく走るんだ」

〈東海道五十三次〉の四十六番目、〈庄野〉は銀次のもっとも好きな絵のひとつである。あの絵の描き手が死んでしまったのだ。

「無理だよ。今は寂しくて描けない」

「描けよ。コロリに負けるな。広重先生の弔い合戦だ！」

銀次が叱咤《しつた》したとき、誰かが戸を叩いた。

「誰だ！　今忙しいのに……」

戸を開けると、ひどく憔悴《しょうすい》した吉之助が立っていた。

「吉之助さん……。どうしたんだい、そんなに痩《や》せこけて」

あんなに豊かだった頬がげっそりこけ落ち、目も落ちくぼんでいる。

「極楽屋。頼みがある」

「いつもの百枚ならもうちょっと先だけど。それとは別の話か？」

「ああ。我が殿に関することだ」

「こんなところじゃ話もできねえ。中へ入んなよ」

銀次が言うと、吉之助はのっそりと部屋に入って来て座った。その体躯《たいく》がいつもより小さく縮んで見える。

「あんたのところの殿さまは、うちのかわら版を贔屓《ひいき》にしてくれてるんだよな。どうだ。息災かい？」

元気づけるように言った。

だが吉之助の口から出て来たのは意外な言葉だった。

「殿は亡くなられた」

「えっ」

銀次の喉から変な声が漏れた。

芳徳も横で目を丸くしている。

「そんな年寄りだったのか。そりゃ気の毒な……」

「違う。コロリだ。いや、殺されたのだ」

「ええっ。ちょっと待ってくれ。コロリで死んだのか、殺されたのか、はっきりしてくれ」

「死因はコロリだ。毒を盛られた」

「毒？　馬鹿言え。コロリは勝手にかかる病だろ」

「お前のかわら版にも書いてあったではないか。便を介してうつるとな」

「じゃあコロリの患者の便を使ったってことか？」

そんな卑劣なことができる人間がこの世にいるのだろうか。

「殿の周りの家臣にはコロリの者はいなかった。外で食事もせぬ。うつるはずがない。台所の者たちを調べると、一人辞めていた。お由羅さまの肝煎《きもい》りで雇った料理人だ」

「お由羅さまってのは誰だよ？」

「前の藩主の側室だ。お由羅さまはかねてから殿ではなく自分の子を跡取りにしたがっていた」

吉之助の眉間《みけん》にしわが寄った。

銀次は記憶の底を掘り起こした。外様《とざま》大名で近ごろ藩公が死んだといえば薩摩藩である。薩摩には前藩主との間でお家騒動があったとも聞いた。

つまり吉之助の殿とは島津斉彬なのではあるまいか。

「わかったか」

吉之助が銀次を見つめた。

「どうやらな。象山先生はあんたの殿さまを、見どころのある男だと言ってたぜ」

「そうだろうな」

吉之助の声が少し潤んだ。斉彬に心酔していたらしい。

「で、頼みってのはなんだ。殿さまが亡くなっちまったから、かわら版はもういらないってとこか」

毎月決まった売り上げがなくなるのは痛いところだ。

「そうではない。殿を殺したのは井伊直弼だと書いてもらいたい」

「なんだって⁉」

井伊直弼と言えば、幕府の大老であり、実質、日本を動かしている男である。

「あんたの殿さまはお家騒動で死んだんじゃなかったのかよ」

「徳川はお家騒動を起こさせ、薩摩藩を弱体化したかったのだろう。そのため、お由羅さまに肩入れしたのだ。我らは殿亡きあと、しらみつぶしに料理人を探し、ついに捕らえた。そやつに白状させたのだ。コロリのからくりを用意したのはやはり徳川だった」

「そうだったのか……」

　薩摩の国境の取り締まりは厳しく、今や箱根関よりも越えるのが難しいと言われ、薩摩に派遣される公儀隠密は行ったきりで帰ってこられないので〈薩摩飛脚〉とも言われた。薩摩の方言や風習は独特であり、手練《てだ》れの忍びといえども、地元の侍たちを欺《あざむ》くのが難しい。

「井伊直弼が一橋《ひとつばし》派の諸侯を弾圧しているのは知っておろう。先ごろ、井伊は徳川斉昭さま、徳川慶篤《よしあつ》さま、徳川慶勝《よしかつ》さま、そして松平慶永《よしなが》さまを隠居謹慎させた」

「たしか江戸城に無断で登城したからとかなんとか言ってたな」

「井伊が勝手に条約に調印したのだ。斉昭さまが詰め寄って抗議するのは当たり前だ」

　吉之助の目が怒っていた。

「でもよ、井伊のやり方にも一理あるかもしれねえ。幕府がやすやすとアメリカの軍門に降《くだ》ったのは気に入らねえが、列強は強いぞ。下手に抵抗して戦になったら清みたいにやられちまうからな」

銀次は直接黒船を見たから実感としてわかる。数多くの大砲や銃、そして蒸気の動力。今の日本の貧弱さでは太刀打ちできない。アジアの大国の清ですら征服されたのだ。だからこそ象山も松陰も、列強の兵器や工業を日本の手の内に収めるまで、時間を稼ぐしかないと言ったのだ。

「しかし、天子さまのご意向をないがしろにするのは無礼千万だ。我らに相談もなかったのだぞ」

「でもよ。これは井伊大老とあんたたちの権力争いじゃねえか? 地震やコロリで庶民が苦しんでるときに、もめてる場合じゃないだろ」

「こちらも急務なのだ。日本を統《す》べるのは、日本の先をよく考える者でなくてはならぬ」

「井伊大老もそう思ってるんじゃないのか」

「そんなことはない。あれは権力に対する徳川の驕《おご》りと妄執だ」

「どうでもいいさ、そんなのは。俺たちはな、お上が地震やコロリにちゃんと手当をしてくれるってことが何より大事なんだ」

「お前はそれでいいかもしれん。しかし我らは硬直した幕府を倒さねばならん！」

吉之助が声を荒らげた。

「そんなこと、でかい声で言うなよ」

壁の薄い長屋で誰かに聞かれたらまずいことになる。

「井伊は攘夷派の要《かなめ》たりうる殿を殺した。大きな軍事力を持つ薩摩は今の幕府の一番の敵といってもいい」

「少し考えさせてくれ」

銀次は押し黙った。井伊が吉之助や庶民をそっちのけにしているのには腹が立つが、徳川なのか、攘夷派なのか、どちらかに一本化しないと、やはり政は安定しないだろう。どちらを取るのが日本のためなのか——。

銀次の目から見ても徳川の動きは遅い。松陰を捕らえたのも間違いだと思う。そう考えると攘夷派のほうに目がありそうだ。

しかも今、攘夷派は完全に抑え込まれようとしている。それはまずい。

島津斉彬が暗殺されたとわかれば、徳川のやり方に腹を立てる攘夷派も多いだろう。

「内戦になりそうだと書けば売れるかもな」

銀次が言うと、吉之助の大きな目がぎょろりとにらんだ。

「別に面白半分じゃねえ。庶民には幕府の内情を知る権利がある。たっぷり年貢を取られてるしな。日本の未来を誰に任せるかをよくよく考えなくちゃならねえ」

「ならば頼まれてくれるか」

「そうだな……」

銀次が引き受けようとしたとき、芳徳が慌てて遮った。

「待ってよ、そんなこと書いたら、すぐ捕まっちゃうよ！　大老ににらまれたら、すぐにでも首が飛ぶって」

「それもそうか」

銀次は腕組みした。大ネタだが、『井伊大老が島津斉彬を暗殺』などと書けば、幕府は目の色を変えて銀次たちを捕まえようとするだろう。

三人はしばし沈黙した。

「とにかくだ。しばらくはここに来られぬ。当座の代金を置いていく」

吉之助は懐から出した二十五両の小判の切り餅《もち》をゴトリと床に置いた。

「多過ぎだ。それだけあれば死ぬまでうちのかわら版を読めるぜ」

「殿はお褒《ほ》めになっておられた。とくに、江戸の大地震のときの出火場所附は、ただ同然の値段で売ったそうだな。まさしく敬天愛人の心だと」

「そうかい？」

銀次の唇が思わずほころんだとき、吉之助がつけ加えた。

「ただしあのときは我らに五枚しかよこさなかったな。百枚の約束だったぞ」

「ああ、あれは、その、殿さまより庶民のほうが読むべきだと思ってよ。そこんところは謝っといてくれ……って、亡くなっちまったのか」

「気にするな。殿はそのことも褒めておられた」

「そうか。いい人だったみたいだな」

会ったことはないが、さぞかし人の気持ちがわかる殿さまだったのだろう。

「あれほどのお方はいない」

吉之助の声がまた震えた。

「吉之助さん。あんたはうちの常連だ。けど、これだけはわかっといてくれ。あんたにおもねったことを書くつもりはさらさらねえ」

「承知だ。思ったように書け」

「わかった。あんたが、いいネタをくれたのも事実だ。必ず世に出してやるよ」

「よし。頼みはそれだけだ」

「もう正体はばれてるんだ。あんたのお国言葉でいいぜ」

「ふふ。わいはおもしてか奴やの」

　吉之助が微笑んで立ち上がり、のしのしと出て行った。

「どうするの、銀次？　二十五両ももらっちゃったら後には引けないよ」

「そうだな。こうなったら、あれで行くしかないか……」

「どうするの？」

「由良之助《ゆらのすけ》で行く。お由羅さまの仕組んだ毒殺だしな」

「あっ、そっか！」

　芳徳の顔が明るくなった。

「お前の師匠も使った手さ。これで怒れば、井伊が恥をかく。見てな」

　銀次は意地悪そうに笑った。

　翌朝、いつもの深川の辻に、銀次と芳徳が立った。

「さあさあ、大変だ！　とんでもないお家騒動だよ。ご公儀に弓ひく外様大名、薩摩芋之助《いものすけ》が毒殺された。毒を盛ったのは由良之姫《ゆらのひめ》。それを後押ししたのは謎《なぞ》の隠密、彦之助《ひこのすけ》だよ」

　銀次の口上を聞きつけ、さっそくかわら版を確かめに来た常連の左官が聞いた。

「おい、薩摩芋之助って、島津斉彬さまのことかい？」

さすがは常連だけあって、勘がよかった。

「それは言えねえ、察してくれ。でもだいたい合ってるかもな」

銀次はぼかして答えた。

「彦之助って何者だ？」

「いちいち聞くな。買えばいいだろ」

銀次はちらっとかわら版を見せた。挿絵に描かれているのは、怒って頭から湯気を出している赤鬼の姿だった。一橋派を厳しく処断した井伊直弼が〈井伊の赤鬼〉と呼ばれているのは有名な話である。

「こいつは彦根《ひこね》の彦之助だ。あとはわかるな？」

「わからねえ。もっと教えてくれ」

「うといやつだな。彦根の大名だ。いいだろ！」

「いいだろって……。何がいいんだよ」

「だから『井伊』だって！」

「いい？」

「にぶいやつは相手にしねえ。薩摩の芋之助はご公儀に弓ひく覚悟を決めたものの、もう遅かりし由良之助だ。芋之助は殺されちまった。赤鬼がお家騒動に見せかけてコロリの毒を盛ったんだ。こいつは戦が始まる。関ヶ原以来の東西の一戦だ。さあ、買った買った！」

銀次が囃《はや》し立てると、集まった人々が争って手を伸ばした。地震やコロリで庶民を助ける記事を書いているので極楽屋の評判も上がっている。

歌舞伎《かぶき》の〈仮名手本忠臣蔵《かなでほんちゅうしんぐら》〉は、幕府から赤穂《あこう》事件をほめそやすことが禁じられていたため、大石内蔵助《おおいしくらのすけ》のかわりに大星《おおぼし》由良之助という変名を用いて上演された。さらには芳徳の師匠である歌川国芳が〈源《みなもとの》　頼光《よりみつ》公館《こうやかた》　土蜘《つちぐも》作妖怪図《ようかいをなすず》〉で幕府を批判したこともある。江戸の町人たちは、かわら版のこういう謎ときには慣れていた。

この日売られた極楽屋のかわら版も、庶民がたちまちその内容を悟り、噂は一気に広まった。幕府と薩摩の戦となれば、関ヶ原以来の大戦である。中には引っ越しの準備を始める者までいた。

＊＊＊

安政五年八月十五日、江戸城老中御用部屋には六人の老中が集まり、定例の評議をしていた。部屋の空気は張りつめている。

井伊直弼が幕府の実権を握ってからというもの、幹部の評議は常に重い沈黙に包まれていた。

前の老中、堀田正睦や松平忠固《ただかた》（忠優から改名）は蟄居となり、一橋派の重鎮たちも残らず粛清された。

禍根を残さないための当然の措置ともいえたが、今は幕府の権威が大きく揺らいでいる。逆に尊皇攘夷の志士たちは全国で急速にその数を増やしていた。

幕府とて、ただちに外国を討ち果たしたいところだが、今の日本の兵力、技術力では列強と結んだ不利な条約に耐えるしかなく、朝廷との板挟みとなっている。

アメリカ、ロシア、オランダ、イギリス、フランスと立て続けに不平等な条約を結んだ日本は財政危機にもさらされている。国力が衰えれば、諸外国に追いつくどころではない。

孝明《こうめい》天皇は強い攘夷の心を持たれ、幕府転覆をも視野に入れて、密勅《みっちょく》を下していた。公家《くげ》にもそれを後押しする者が多い。

徳川幕府はもともと、天皇に大政を委任された存在である。いわば組織の長が、実務者を拒否している状態であった。これまでは実務者が武力を持ち、権力を握っていたが、外様大名や志士たちが寝返ればその勢力図も変わる。

幕府転覆を願う外様大名たちは、幕府が諸外国と戦えないのをわかっていて、攘夷せよと迫っていた。

長きにわたる安穏の末に訪れた、徳川幕府最大の危機である。

直弼もそれをわかっているだけに、苛立《いらだ》っていた。失策に対する仕置きも苛烈《かれつ》を極めていた。

「ほかに何かあるか」

評議を終えると、直弼が不機嫌に言った。

老中たちは、うつむいたまま、畳の目を数えるのみだった。

「太田《おおた》殿。薩摩はどうしておる」

直弼がさらに聞く。

「はっ。斉彬殿が亡くなって以来、とくに動きは見えません。朝廷の周辺では何やらうごめいておるようですが」

太田資始《すけもと》が答えた。

「気に入らぬ。徳川は武士の頭領ぞ。外様の入った公武合体など不要じゃ」

直弼は吐き捨てた。徳川さえあれば、朝廷など不要との考えである。

「さようでございますな」

太田は手短に言ってすぐに口を閉じた。

一橋派と直弼との対立は、いわば外様大名も含む諸藩大連合と、徳川派独裁を望む幕府の権力争いである。

列強に囲まれてもなお、侍たちは争いを続けていた。

「他になければこれにて終わる」

直弼が言ったとき、

「ひとつ、申し上げたき儀がございます」

と、内藤信親が意を決したように口を開いた。

直弼が内藤を見つめる。

長く老中を務めている内藤だが、直弼の前で自ら意見を口にするのは初めてであった。

「なにかあるのか」

「極楽屋のことでございます」

内藤が言った。

「極楽屋？　なんだそれは」

「江戸市中でよく読まれている、人気のかわら版屋でございます」

「かわら版だと？」

直弼が片眉を上げた。

「ご存じありませんか。読売《よみうり》のことにございます」

「ああ、庶民の戯《ざ》れ言《ごと》か」

直弼がつまらなそうに言った。

かわら版は、地方によっては読売とも呼ばれている。

「読売がどうしたというのだ」

「極楽屋のかわら版にはしばしば我らの知らぬことも書かれておるのです。黒船が来てのち、幕府への信頼が失われがちな昨今、攘夷派や外様雄藩の台頭もございますれば、庶民の声というのもあながち無視できないと思われます。前の老中首座阿部さまもよくご覧になられ、政のご参考に……」

「たわけが！」

直弼が唾《つば》を噴き飛ばして大喝した。

「たかが読売など気にしおって。だから阿部は政を誤ったのだ！」

「ですが、島津斉彬さまが亡くなられた理由について書かれてあることは見過ごせませぬ」

内藤が直弼を見据えた。

「島津斉彬がどうしたというのだ。あれはただの食あたりだろう」

直弼はかすかに目をそらした。

「極楽屋はその……。井伊殿が島津殿を殺したと断じております。お由良という女を操って殺した、と」

「なに？」

鉄壁のようだった直弼の表情がわずかに揺らいだ。

「これがそのかわら版にございます」

内藤が傍らに置いた紙束から、一枚のかわら版を抜き出して、井伊に渡した。

「むっ……！」

直弼がうなった。そこに描かれていたのは、赤鬼が毒霧を吹きつけて、芋頭の人間を殺している絵だった。殺されているのは薩摩芋之助、赤鬼は彦之助だと注釈が入っている。しかも『コロリの入った便を食わせて殺した』とある。

「薩摩芋之助だと？」

かわら版を持った直弼の手が震えた。

「はい。薩摩芋之助は島津斉彬殿。彦之助とはつまり……」

内藤が井伊を見つめた。

「わしのことか！」

直弼がかわら版を畳に叩きつけた。怒って血ののぼった顔が真っ赤だった。

かわら版はひらりと舞って、龍野《たつの》藩主、脇坂安宅《わきさかやすおり》の前に落ちた。

「たしかに似ておりますな」

脇坂は隣の松平乗全にささやいた。

急に言われた乗全は、目の前の直弼と、かわら版の赤鬼の絵を見比べ、それがあまりに似ていたため、がまんできずに吹き出した。それまでの評議が極度に緊張した状態であったため、よけいにおかしかった。

「今、笑《わろ》うたか？」

直弼が振り返った。

怒るとますます赤鬼のようである。

「い、いえ、断じて。咳《せき》をこらえただけでございます」

松平乗全の声が震えた。

「井伊の赤備《あかぞな》えということかもしれぬ」

内藤が小声で言った。井伊家は代々赤い鎧《よろい》を着て戦場に出るのが慣わしである。

「内藤殿、いいかげんになされ」

乗全がそう言いながら自身もこらえきれなくなった笑いを悟られぬよう、突っ伏した。内藤は内藤で、長らく老中を務めていたのに井伊に軽んじられ、思うところがあったらしい。

「やめぬか！」

直弼は怒鳴ると、かわら版を踏みにじった。

「わしも甘すぎたようだ。幕府にたてつく者は誰であろうとすべて捕らえ、処刑せよ。たとえ公家に関《かか》わりのある者でもな」

「それはさすがに……」

いつも直弼に従っている間部《まなべ》詮勝《あきかつ》もさすがに青ざめた。

「いや。これで心は決まった。軽々しく尊皇攘夷を口にする者など根絶やしにしてくれる。いい気になりおって」

直弼はそう言うと、足を踏みならして御用部屋を出て行った。

この日以来、直弼はまさに鬼となり、のちに〈安政の大獄《たいごく》〉と呼ばれることになる仕置きは、さらに苛烈なものになった。

酒井《さかい》忠義《ただあき》を京都所司代として上洛させ、幕府に対する謀反《むほん》の中心人物として梅田《うめだ》雲《うん》浜《びん》や橋本左内《はしもとさない》らを捕らえた。また公家の家臣でもかまわず捕縛した。

京で捕らえられた者たちは江戸に送られ、死罪、遠島などの厳しい刑に処せられた。幕臣からも岩瀬《いわせ》忠震《ただなり》、川路聖謨《かわじとしあきら》ら開明派が謹慎などの処分を受けた。

これに連座して吉田松陰が江戸に召喚されたのは翌年の夏である。

松陰は五年前、ペリーの黒船に乗り込み、密航しようとしたが失敗して捕らえられ、国元で蟄居《ちっきょ》を命じられていたが、生家の杉《すぎ》家に〈松下村塾〉を開塾した。そこで、伊《い》藤博文《とうひろぶみ》、久坂玄瑞《くさかげんずい》、高杉晋作《たかすぎしんさく》、山縣有朋《やまがたありとも》、吉田稔麿《としまろ》など尊皇攘夷派の俊英を育てていた。

松陰は、幕府に対する謀反人とされた梅田雲浜とも交流しており、幕府はその関わりを聞こうと召喚したのである。

しかし松陰は交流を認めたばかりか、老中首座の間部詮勝の暗殺を計画していたと告白した。松陰は幕府に対する過激な武力攻撃策をいくつも発案して、藩や弟子たちに実行を迫っていた。

これにより、松陰は捕らえられ、小《こ》伝馬町《でんまちょう》に投獄された。

銀次がその報を聞いたのは、安政六年（一八五九）十月のことである。

「あの馬鹿正直野郎め！」

松陰はまたも、己の行動は正しく隠すことはないと胸を張ってしまったのである。井伊の仕置きは容赦ない。銀次は頭を抱えた。


松陰が入れられたのは東牢《ろう》の揚屋《あがりや》だった。主に政治犯用に特別に設けられた牢であり、房内には畳がきれいに敷かれていた。かつて高野長英が入った房でもある。

ここで、松陰は丁重に扱われていた。

人間の品格というのはどこでもおのずと現れてくるものらしい。牢番も囚人《しゅうじん》も松陰の凜《りん》とした佇《たたず》まいと言動に一目置かざるを得なかった。それどころか、日を追うごとに松陰の言葉に感化され、弟子のようになってしまった。

ある日、日本の歴史を語る松陰の落ち着いた声に、囚人たちが耳を傾け、聞きいっているところに、長い柄杓《ひしゃく》をかついだ新しい掃除人がやってきた。

「よう！」

話し終わった松陰に掃除人が陽気な声をかけた。

「む？　お主は……」

松陰が首をひねった。なかなか思い出せないらしい。

「俺だよ。黒船で会ったろ」

「もしや、あのときのかわら版屋か⁉」

「やっと思い出したか」

掃除人に化けていたのはまさしく銀次であった。

「お主、こんなところで働いているのか。志を持てなかったのか」

松陰が眉をひそめた。

「馬鹿か。俺は今でもかわら版屋だ！」

銀次が柄杓をぶんぶんと振り回した。

「だったら、なぜここにいる」

「あんたがとっつかまったって聞いてな。ちょいと顔を見にきたのさ」

「どうやってここに入った？　小伝馬町の牢はそのようにたやすく入れるものなのか」

松陰が不思議そうな顔をした。

「魚心あれば水心ってやつだ。ここの牢名主とは、ちょっとした知り合いでな。外からずいぶん差し入れをしてやったもんだ」

銀次は一度、かわら版を売った罪で捕まり、短期間だが投獄されたことがある。そのとき、挨拶《あいさつ》させられた牢名主に、当時世の中で起こったことや面白い話をしてやったら大いに喜ばれ、牢での暮らしはさほど苦しくはならなかった。

牢内の治安はすべて牢名主に任されている。銀次が潜入して松陰に会えるよう頼むのは、口合い人に厠掃除の勤めの口を利いてもらうだけでよかった。

「あんた、よせばいいのに、また洗いざらい自白しちまったんだって？」

「知行合一《ちこうごういつ》だ」

正しいことだから行う。隠すことなど一切しない。松陰はそういう男だった。

「相変わらずだな……。ちょっと入るぜ」

銀次は帯にぶら下げた鍵束《かぎたば》から一つを取り出して、牢を開けた。

「鍵まで持っているのか」

「雪隠《せっちん》を掃除しなきゃならねえからな。まったく、手間を取らせやがって」

牢の片隅には半間（約九十センチメートル）ほどのむき出しの雪隠が設けられていた。

銀次はすぐに雪隠の掃除を始めた。

「ここは汚えから気をつけな。たやすくコロリになっちまうぜ」

「コロリか。江戸ではまだはやっているのか」

「ああ。島津の殿さまもコロリで逝《い》っちまった。知ってるか」

「まことに惜しい傑物をなくしたものだが……。コロリだったのか？」

「ああ。吉之助っていう家臣が言ってたぜ。背後にいた井伊直弼が仕組んだことだってな」

「なんということだ」

松陰がうなった。

あの後、銀次のもとに吉之助からの連絡はなかった。風の便りでは井伊直弼の弾圧から公家の者をかくまったことが原因で追いつめられ、海に身を投げたとも聞く。本当なら惜しい男をなくしたものだ。銀次はあの朴訥《ぼくとつ》な男が好きだった。この上、松陰まで死なせたくない。

「あんた、ここから逃げるつもりはねえか」

銀次はささやいた。

「なんだと」

「俺と入れ替わって掃除人のふりをすれば外に出られる。うまくいくかどうかは五分五分だろうが」

銀次は松陰を見つめた。

かつて牢内にいたとき、いろんな罪人を見たが、どんなに威勢のいい大泥棒や渡世人でも、処刑の日が近づくと、牢番に命乞《いのちご》いをすることがある。死を恐れて泣きわめく者もいる。松陰だって人の子だろう。

「どうする。時がねえ。見回りが来るまで四半刻《しはんとき》（約三十分）ってとこだ」

「逃げる必要はない」

松陰が即座に言った。

「ちぇっ。そう言うだろうと思ったぜ」

銀次はため息をついた。

人のために役立とうとする志を持ってこそ人間といえる——。

黒船で会ったとき松陰はそう言った。そればかりか身を挺《てい》して、殺されるところだった銀次を助けてくれた。

あれ以来、松陰の言葉が頭に残り、地震の際も儲《もう》けを度外視してかわら版を売った。あのとき多くの人々から感謝された爽快《そうかい》な気持ちは忘れられない。好奇心だけでかわら版を書いていた銀次に、生きがいを与えてくれた。

極楽屋のかわら版が本格的に売れ出したのはそのころである。

かわら版で人を助け、かわら版で世を変えていくことができる。そのことに気づいてから、自分の生きている世界が大きく広がったような気がする。

松陰は恩人であった。だが当の松陰は、馬鹿正直を貫いてもうすぐ死刑になる。前は龍馬と組んで、松陰を擁護するかわら版まで出したのだ。無駄死にさせたくない。

「逃げればいいだろ。だいたい、井伊の赤鬼に取り調べられたとき、なんでごまかさなかったんだ」

「心というのは木と同じだ。一度折れれば二度とは戻らぬ。青々と葉を茂らせていても、ひとたび根元が折れればすぐに枯れる。我を失うとはそういうことだ。折れぬことに意味がある」

「けど死んだらどうにもならねえじゃねえか」

「私は死なん」

「ふざけんなよ。首切られたら死ぬに決まってるだろ。それとも幽霊になって出てくるってのか？」

「志士は死なぬ。志士というのは信念そのものでもある。長州には私の後に続く志士が大勢いる」

「なんとかいう塾のことか？」

「知っているのか」

「ああ。蟄居になってもちっともへこんでねえって、松代にいる象山先生から便りをもらったよ」

長州で松陰の開いた松下村塾は興盛を極め、大坂の緒方洪庵の適塾、豊後《ぶんご》の広瀬《ひろせ》淡窓《たんそう》の咸宜園《かんぎえん》と並び、三大私塾ともいわれていた。

「人には何よりも教育が必要なのだ。理《ことわり》を知らねば搾取《さくしゅ》されるのみだからな」

「だったら生き残って、もっと塾を続ければいいじゃねえか」

「人生は一期一会《いちごいちえ》だ。私はそのときどきにすべてを注いでいる。いつ死んでも悔いがないようにな」

「聞き分けのない奴だな！　このままじゃ俺の気が済まねえんだよ。黒船でとっ捕まったとき、あんたは俺の命を助けてくれたろ？　まだ借りを返してねえ」

「同胞を救うのは当然の務めだ。気に病むな」

「嫌だ。しっくりこねえ。すぐ逃げやがれ！　俺が手引きしてやるって言ってるだろ！」

ぶん殴ってでも連れて行こうかと思った。この男が死ぬのが惜しい。松陰の活躍をもっと見ていたかった。小伝馬町に堕《お》ちた愚か者の囚人たちでもわかるくらい立派な男なのだ。

「断る」

松陰はすげなく言った。

「なあ、死ぬのはあんただけじゃない。親類縁者も同罪だ。象山先生だってあんたの自白のせいでわりを食って、松代で蟄居させられてるんだぞ」

「己の生き方をつきつめたらこうなった。これ以外、私はやり方を知らぬ」

思わずため息が漏れた。

「死んだら鰻《うなぎ》も食えなくなるんだぞ」

「鰻だと？」

松陰が初めて小さな笑みのようなものを見せた。

「相変わらずだな、お前は。世俗の塊のような男よ」

「当たり前だろう。死んじまったら女も抱けねえんだぞ？」

「私は女を抱いたことなどない」

「えーっ！」

膝の力が抜けた。

「その年で女を知らないって……。あんた、終わってるぜ」

照れ屋でひどく内気な芳徳ですら、女の裸を描くために訪れた岡場所《おか》で、誘われてがまんできず、けしからぬことをしたのを知っている。

「所帯を持つと信念が揺らぐ」

松陰はぴしりといった。

「けどよ、そいつは男と生まれて一番大事なことだろ」

「お主の下賤《げせん》な考えを私に押しつけるな」

「下賤じゃねえ！　女は最高だし、鰻だってうまいんだから……」

言いながら、自信がなくなってきた。目の前の男は、鰻も女もいらないと本気で思っている。正真正銘の阿呆《あほ》だ。

「私が死んでも信念は死なぬ」

松陰は毅然《きぜん》と言った。

「だめだ。筋金入りだ……」

銀次は掃除道具を片づけると、松陰と向き合ってどっかりと座りこんだ。

「じゃあ、幕府転覆をたくらんだ謀反人の話を聞こうか」

銀次はふところから矢立を取り出した。

「私のことをかわら版にするのか。さすがにただでは帰らないな」

松陰がまた笑いかけた。

「あたぼうよ。さあ、思いのたけを話せ。幕府をこてんぱんにけなしてみろ」

「考えはすでに評定所で言った」

「そんなの、もみ消されるに決まってる。だから俺が来たんだ。かわら版は政を変える民の武器だ」

「そうか。お前も象山先生の弟子だったな」

松陰が懐かしそうな目をした。

「さあ話してもらおうか。あんたは老中の間部詮勝を殺そうとしたんだろう?」

井伊直弼は赤鬼、間部詮勝は青鬼と呼ばれていた。間部は一橋派を激しく弾圧していた。

松陰は青鬼を誅《ちゅう》するくわだてに失敗した。その後、公家に直訴したり、主君を説得しようとしたりしたが、どれも不発に終わっている。

「今の徳川だけに凝り固まった古い幕府がある限り、日の本はよくならぬ。列強に支配されるだけだ」

「俺には単に、徳川と外様大名の権力争いに見えるけどな。どっちが勝ってもやることは変わらないいんじゃないか」

「違う」

「どこが違う？」

「お前は井伊を知らぬ」

「あいつは徳川幕府の親玉だろ？」

「それだけではない。あやつは天子さますら亡きものにしようとしている」

松陰の目に強い光が宿った。

「ええっ。天子さまを？」

二の句が継げなかった。そんなことをしていいのか——。

銀次の狼狽《ろうばい》にかまわず、松陰はつづけた。

「もちろん、あからさまなやり方は選ばないだろう。ただ、天子さまがいなければ尊皇攘夷派は結束を失い、徳川の無理が通る。私はそれを防ごうとしていた」

考えてみれば、島津斉彬も井伊に暗殺されたと吉之助が言っていた。直弼は帝《みかど》をすら手にかけようというのか。

「よいか、銀次。国はひとつの円だ。天子さまが円の中心とならねば国はまとまらぬ。帝がいなくなれば、円は形を崩し、人心は乱れるだろう。それなのに井伊は天子さまを亡き者にしようとしている。将軍を自分の操れる家茂にしたのと同じだ。徳川のためなら手段を選ばぬ。これまでのやり方を見るところ、あの者は施政者としても、侍としても凡庸だ。むしろ己の無能を自覚するゆえに地位にしがみつき、人の上に立ち続けたいのだろう」

「だからあんたは赤鬼も青鬼も殺すってのか。しかし東西の戦になったら大ごとだぞ。関ヶ原のような戦が起これば庶民が困る」

「理のためには仕方がない」

「くそっ。あんたはいつもそれだ」

松陰は理屈が立ちすぎる。理の切れ味だけなら象山をも超えるだろう。しかし現実味が薄い。げんに、松陰は弟子たちに対して幕府の要人の暗殺指令を何度も送ったが、実行はされなかった。思想の純度が高すぎる。理論だけが空回りしているような気もする。

「井伊は止めねばならぬ。なんとしてもな」

松陰は寸分も揺るがない。

「ちぇっ……。最後まで突拍子のないことを言いやがって。天子さまを暗殺するつもりだなんて書いたらこっちの首が飛ぶぜ」

銀次は筆を投げ出した。

「ならばお主は逃げよ。京へ行くのだ」

「京に？　なんでだよ」

「飛耳長目《ひじちょうもく》ということだ」

松陰が言った。

「なんだよそれ！　いつも知らねえ言葉ばっかりつかいやがって」

「何かを為《な》すには広く情報を収集し、将来の判断材料にせねばならぬということだ。だから私はアメリカに行きたかった。お前も江戸だけを見るな。これから政の中心は天子さまのおわす京となろう」

「京か……」

行ったことはないが、帝のおひざ元はやはり雅《みやび》な町なのだろうか。

「お前は面白いものが見たいのであろう？」

「そりゃまあ……」

「今この時にも京には続々と志士が集まっておる。京にて見聞きした真《まこと》のことをみなに知らせよ。そしてできれば天子さまをお救いしろ。お主もまた志士の一人だ」

「そんな大それたこと、簡単に言うなよ」

銀次が顔をしかめたとき、遠くから夕刻を知らせる鐘の音が聞こえてきた。

「もう見張りが来るころだぞ。ほんとに逃げなくていいんだな」

「くどいぞ、銀次」

「わかった……。俺は行くぜ。体に気をつけな」

銀次は立ち上がった。

「待て」

「なんだ。やっぱり命が惜しくなったか」

期待を込めて振り返った。

「さきほどお前を身代わりにして逃げろといったな」

「そうさ。牢から帰る掃除人の顔なんて誰も見ねえよ。いい策を立ててやったのに」

「お前、私のかわりに死ぬつもりだったのか?」

松陰は不思議そうに銀次を見た。

「馬鹿言うな。俺だってすぐに逃げるつもりだったさ」

出たとこ勝負だった。ただ、松陰が逃げたとわかれば役人たちは総出で追いかけ、逆に牢は手薄になっただろう。もちろん捕まるかもしれなかったが、それでも、松陰に助けられた命だ。覚悟はしていた。

「かたじけない」

松陰が頭を下げた。

「へっ。あとで鰻を差し入れてやる。食ってせいぜい後悔しろ」

「愚か者め」

松陰がはっきりと微笑んだ。

それが最後に見た松陰の姿だった。


東牢の御用口を出ると、芳徳が首を長くして待っていた。

角の向こうには逃走用の早駕籠《はやかご》が待機しているはずだ。

「銀次⁉」

「駕籠はもういらねえ。帰ってもらえ」

「松陰さんはどうしたの？」

「来ねえってよ。あの馬鹿……」

「銀次、泣いてるの？」

銀次は何度もまばたきをした。

「泣いてねえよ。あの野郎、若くて頭もいいのに、勝手なやつだ」

松陰は理想だけ見て人の心を知らない。残される者の心の痛みも顧みない。

夕暮れの赤い空の下、銀次は肩をすぼめて歩き出した。その後を芳徳が追う。冬の冷たい風が吹き始めていた。

そのすぐあと、松陰は小伝馬町牢屋敷で斬首《ざんしゅ》された。享年三十であった。

その前に梅田雲浜はコロリで死に、橋本左内も斬首されている。

この日、銀次は、『血に酔った赤鬼彦之助、今度は帝のお命を狙う』というかわら版の題目を書いた。

「銀次、こんなこと書いて大丈夫なの？」

横で見ていた芳徳が慌てて聞いた。

「大丈夫じゃねえだろうな」

「だったら……」

「いいんだ。松陰の口は塞《ふさ》げても俺の口は止められねえ。命を捨てるつもりはねえが、ひとつ赤鬼の鼻を明かしてやろう」

「薩摩の殿さまだって殺されちゃったんだよ？」

「なあに。考えがある。俺を殺すのに毒なんか使わねえだろうからな。さあ、絵を描いてくれ。赤鬼が冠をかぶって帝を殺そうとしている絵だ」

銀次は不敵に笑った。

翌日、銀次たちは深川の辻に立った。

「さあさあ大変だ！　我を忘れた赤鬼がついに帝を手にかけるよ。日の本始まって以来の大謀反だ！」

銀次の声に誘われてやってきた常連の左官が飛びついて、かわら版をひったくる。

「帝って、天子さまかよ。いくら赤鬼でもそれは……」

左官が目を丸くした。事件に慣れている銀次でさえ、松陰から井伊の計画を聞いたときは腰が抜けそうだったのだから、無理もない。

「天子さまを無視して外国と勝手に条約を結び、尊皇攘夷派をなぶり殺しにした赤鬼だ。あと邪魔なのは帝ご本人だけってことよ」

「でもよ、天子さまは神さまの子孫だろ。そんなことしたらばちが当たるんじゃねえか？」

左官が首をひねった。

「そこは地獄からやってきた赤鬼だ。神も仏もねえ。尊皇攘夷の志士たちがこれに黙っているかどうか、それは読んでからのお楽しみだ。さあ、買った買った！」

銀次は威勢よく唾を飛ばした。松陰の敵討ちだった。

このかわら版は飛ぶように売れた。井伊の、神も恐れぬ所業である。庶民も、度肝を抜かれた。

その二日後の夜——。

銀次の長屋を訪れた者があった。

「ここに銀次さんという方はいらっしゃいますか」

戸の向こうから穏やかな声が聞こえた。

「誰だい、こんな夜更けに?」

銀次は寝ぼけたような声で聞いた。しかし目は冴《さ》え渡っている。

銀次が答えるやいなや、戸は蹴破《けやぶ》られた。入ってきたのは真っ黒な着流しの侍たち二人であった。

「おいおい、藪《やぶ》から棒になんだよ」

銀次が聞いたが、先頭の侍は無言で刀を抜いた。

「赤鬼の手下かい」

言いざま、銀次は部屋の奥の窓から外に転げ出た。

侍たちはすぐ追いかけてきて、裏道に飛び降りてきた。

しかし先頭の一人がふいに倒れた。

「がっ……」

侍は、信じられぬ、というような顔をしていた。着地しようとした右足の膝から下がきれいに消えている。

しかし侍はよろめきながら、なおも片足で立った。剣を構える。

「ほう……。たしかに骨がある」

感嘆するような声が闇に響いた。

「幕府の刺客だ。隠密かもしれねえ」

銀次が闇《やみ》の中に立つ色白の美丈夫に声をかけた。その手には今、刺客の血を吸ったばかりの白刃が握られている。男は良庵のところで銀次が出会った薬売りの歳三であった。

「面白い。真剣稽古《げいこ》は滅多にできんからな」

歳三がにっと笑った。

「へへっ。たよりになるな、あんた」

銀次は歳三の背後に隠れた。芳徳は師匠国芳の家にいる。あんなかわら版を出したからには、きっと消しに来ると思っていた。

「じゃっ！」

もう一人の刺客が抜き打った。歳三はかわしたが、着物の袖が切れた。

「黒刀か」

即座に正体を見破った歳三がぽつりと言った。黒漆を刀身に塗った刀は、刃先が見えず間合いも取れない。〈バラガキ〉と呼ばれた喧嘩の天才だからこそ瞬間的に見抜けたのかもしれなかった。

黒刀の男が無言で走り寄った。

歳三は地を蹴ると、斜め前に飛んだ。

予想外の動きに間合いを狂わされた隠密の黒い刀は空を切った。その刹那《せつな》、歳三は片足をなくした男の首を刎《は》ね斬っていた。歳三が黒刀の侍と相対するものと思い込み、油断していた最初の男は最後まで物も言わずに倒れた。

黒刀の男は、仲間の死にも目をとめず、歳三の背に斬りかかった。

（斬られる！）

銀次は息をのんだ。歳三がやられれば次は自分だ。

しかし、歳三は振り向きもせずに背中にまわした剣で黒刀を受け、弾《はじ》き飛ばしながら体を回した。そのまま沈んで黒刀の男のくるぶしを断ち割る。

脛《すねぎ》斬り。

歳三の喧嘩剣法である。

黒刀の男は膝をつきながらも、次の一閃《いっせん》を放った。しかし間合いをつめた歳三の刀に跳ね返された。

勝負はそこまでだった。黒刀の男は踏ん張ることができずに倒れた。

「なぜ受けることができた？」

刺客は苦しそうに聞いた。

「黒刀は、並みより長い刃《やいば》を隠すためだろう。だが鞘《さや》より長い刀はない」

「お主の名……」

言いかけたその口を歳三の刀がまっすぐ貫いた。

「天然理心流、土方《ひじかた》歳三」

歳三が口から刀を抜くと、刺客の体が震え、それきり動かなくなった。

「すげえなあんた。頼んでよかったぜ」

銀次はまだ早鐘を打っている胸を押さえた。

「借りは返した」

歳三は何事もなかったように言った。

銀次はかつて、旗本奴が呼んだ役人から歳三が逃げるのを助けたが、その礼にしては大きすぎる。

「また骨のある相手が来るなら知らせてくれ。いい稽古になる」

歳三が微笑んだ。女が見たら、けして放ってはおかない笑顔だろう。

もっとも、この男が京で壬生狼《みぶろ》と呼ばれ、新撰組《しんせんぐみ》の鬼の副長として活躍するのはまだ先のことだ。

銀次は長屋に戻ると湯を沸かして飲んだ。

湯呑《ゆのみ》を持つ手が震えている。銀次は立ち上がると神棚に頭を下げ、神妙に手を合わせた。

そこにはアマビコとアマビエの絵が飾られていた。

「ありがとよ。あんたたちを見たからか、たしかに長生きできたぜ」

第四章

赤鬼と仇《あだ》討《う》ち

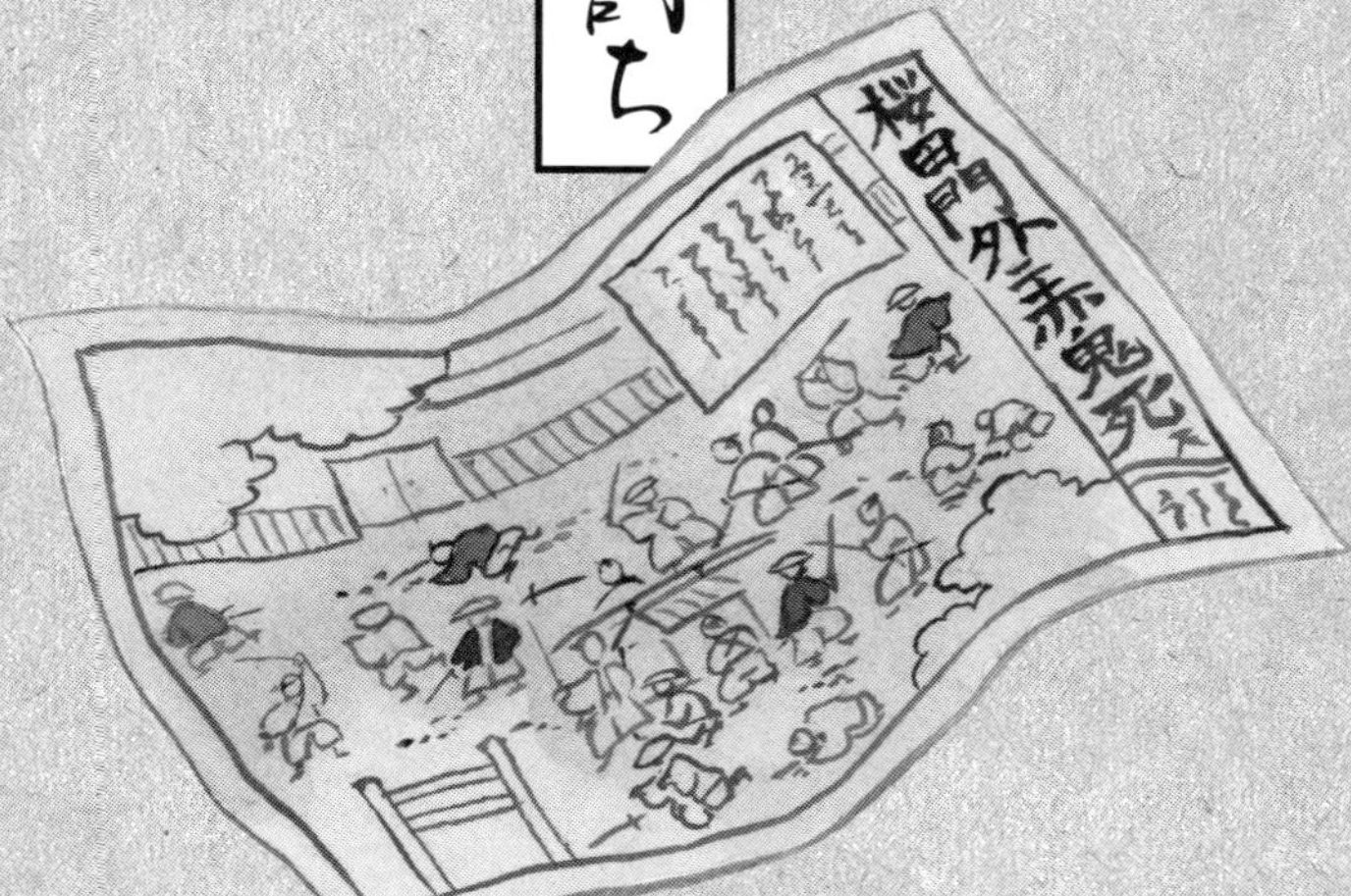

安政《あんせい》七年（一八六〇）、コロリもようやく終息の兆しを見せてきたころ、銀次は良庵の家に潜伏していた。一度は歳三に助けてもらったものの、同じところにいれば、第二、第三の刺客が来るに違いない。

銀次はかわら版を出すこともできなくなった。江戸市中の主だった辻《つじ》に役人が立ったのである。かわら版はもともと御法度であり、今まで黙認されていた節もあったが、赤鬼、井伊直弼の逆鱗《げきりん》に触れてはどうしようもなかった。

「いつまでごろごろしてるんだい。そんな暇があったら先生を手伝いな」

白い着物姿の琴若が悪態をついた。

「うるせえな。俺《おれ》もいろいろ考えることがあるんだ」

「先生が呼んでるよ。早く行きな」

「はいはい、わかったよ」

銀次は重い腰を上げた。琴若は診療所で療養している患者のところへ戻っていったようだ。

　ここにかつぎこんでから、琴若は少し変わった。良庵を手伝って働くようになって、目の下のくまが消え、頬《ほお》も少しふっくらした。いったい何があったのか。

「先生、なんか用かい？」

　銀次が顔を出すと、良庵は秤《はかり》をつかって何かの薬を調合していた。

「ちょっと待っておれ。すぐ済む」

　良庵は薬を入れる匙《さじ》から目を離さず言った。

「それにしてもよう、琴若はどうなっちまったんだ。あんなに死にたがってたのに」

　薬を入れ終えた良庵は薬包紙をたたむと、こっちを向いた。

「琴若はコロリで死んだ者たちを大勢見送った。手伝いをしながら」

「そうか……」

「観念の死ほど、現実の死は甘美ではない。苦痛に叫び、糞尿《ふんにょう》を漏らして死にたくないと泣きわめく。いつのまにかあの女も手当を手伝っていた。汚れ仕事もいとわずにな。なにかと苦労してきたのだろう」

「あいつは、親が遊ぶ金のために惜しげもなく吉原に売られたんです。やっと助けてくれた男にも死なれちまってね」

「そうか。ならば悪運も出尽くしたろう。わしが医術を仕込んでやる」

「ええっ？」

「根はよいと見た。お前とは違う」

「俺だって本当はいいやつだよ！」

「お前はただの能天気だ」

「違うのになぁ。俺は気遣いがあって心が温かくて……」

良庵は無視して言った。

「それより銀次。井伊直弼は帝《みかど》の勅諚《ちよくじよう》も無視するようになったそうだぞ」

「ええっ⁉」

帝を暗に亡き者にしようとしていた節もある井伊だが、勅諚は表立った命令だ。そうなっては帝を中心にした政《まつりごと》という形すらなくなってしまう。あの織田信長《おだのぶなが》でさえ、帝に面と向かって逆らうことはなかった。

良庵はこの話を江戸城の御典医の一人から聞いたという。大坂の適塾で知り合いになった医者らしい。

話によると、朝廷は井伊一派が日米修好通商条約に無断で調印をしたことを怒り、攘夷《じようい》を促そうと勅諚を下したが、幕府は返事をしなかった。このため朝廷は水戸藩に対して密勅《みつちよく》を送り、水戸藩が諸藩に伝達して攘夷を推進せよと命じた。これは〈戊午《ぼご》の密勅〉と呼ばれる。

しかし井伊はこの密勅を幕府に引き渡すように命じ、できぬ場合は水戸藩を潰《つぶ》すと脅した。そうなれば水戸藩も従わざるをえず、もはや井伊の権力は朝廷の歯止めも利かない状態であった。

「どうだ。かわら版のネタになりそうか？」

「大ネタだ。でも今はかわら版を売ることができねえんだよ」

そうなると庶民の耳目となることもできない。その間にも井伊は着々と権力を広げている。銀次は無力感にさいなまれた。

「どうすりゃいいんだ」

銀次が頭を抱えたとき、

「情けないねえ」

と琴若の声が聞こえた。患者のところから帰ってきたらしい。

「うるせえな。こちとら商売あがったりなんだよ」

「なんだよ。江戸が駄目なら違うところで売りゃいいじゃないか。房州《ぼうしゅう》でも豆州《ずしゅう》でもさ」

「江戸じゃないところで？」

たしかにそれなら捕まらない。かわら版も売ることが出来る。しかし江戸ほど人の数はいないだろう。

「田舎じゃろくに売れねえよ。路銀もかかるし、大赤字になるだけだ」

銀次は首を振った。

「あんたは出火場所附をただみたいな値段で出したじゃないか。それで名を上げたんだろ？」

「けどよ、あれは数日のことだ。毎日毎日赤字を出してりゃ、すぐからっけつだ。先立つものもねえし……」

「よし。だったら私がかわら版を出そうじゃないか」

琴若が言った。

「お前が書くってのか？」

「馬鹿だね。書くのはあんただよ。私が極楽屋の後ろ盾になるって言ってるんだ。費用はぜんぶ私が出す」

「そんな……。いいのか⁉」

琴若は、元は金貸しである。たしか床下に三百両を隠していたはずだ。

「私はね、もう金なんざいらない。だから好きに使うんだ。赤字を怖がって何もしないなんてそれでも江戸っ子かい？」

「たしかに、それならなんとかなるかもしれねえ……」

銀次は皮算用をした。一年はもつだろう。

「よし決まったね。すぐにとりかかりなよ」

「ありがとよ、琴若。恩に着る」

「この家でくすぶっていられちゃ運気が悪くなるからね。さ、行った行った」

琴若が微笑《ほほえ》んでいた。

（こいつ、かわいいじゃねえか）

銀次は目を細めた。前にあった暗い雰囲気がなくなり、今や健康的な美しさを感じる。

「琴若。お前、見た目もなかなかだが、中身もいいやつだったんだなぁ。惚《ほ》れ直したぜ」

「私はあんたの見た目も中身も好みじゃないよ。前にも言ったろ」

「ちぇっ……。厳しいなぁ」

「かわら版でもう一旗揚げたら、少しは見直すかもね」

琴若が意地悪そうに笑った。

「よおし、目の玉ひんむいてよく見てろ。他の女に取られても知らねえからな」

破れかぶれの捨て台詞《ぜりふ》を吐くと、銀次は芳徳のもとに急いだ。

挿絵《さしえ》を入れてもらい、かわら版を摺《す》り上げると、銀次は江戸で売るのをあきらめ、関八州《かんはっしゅう》をまわった。武蔵、相模、上野《こうずけ》、下野《しもつけ》、上総《かずさ》、下総《しもうさ》、安房《あわ》、常陸《ひたち》――。そこまで行くと、さすがに役人はいない。

売り上げはかなり落ちたが、毎回百枚ほどは売れた。銀次はかわら版に工夫して、出火場所附のように、そのまま文《ふみ》にして飛脚で送れるようにした。物好きがいれば、江戸にも何枚かは届くだろう。一人でも多くに、井伊の横暴を知らせねばならない。

銀次がそんな不毛な商売を始めてひと月ほどたったある日、日本橋の飛脚問屋、三州屋の権太郎から連絡が入った。銀次に会いたがっている侍がいるという。

銀次は嶋村屋で会うことにした。店主とは気心が知れているし、何かあったら裏口から逃げることができる。ついでに、看板娘のお延にも会える。お延は銀次が急いで医者を呼ばせたこともあり、ころりから無事に回復していた。

約束の刻限になり、訪れた銀次を待っていたのは、どこか品のある侍だった。

酒と料理を運んできたお延が引っ込むなり、侍は言った。

「三好貫太郎《みよしかんたろう》と申す。わざわざ足を運ばせてすまなかったな」

三好は丁寧に言った。かすかな訛《なま》りがある。江戸の者ではないだろう。

「俺は極楽屋の銀次だ。なんの用だ？」

「お主のかわら版を読んだ」

三好は懐《ふところ》からかわら版の束を取り出して卓に置いた。

「ずいぶん読んでくれたんだな」

銀次はぱらぱらとめくった。昔のものから、最近小出しにして売った安房や常陸のものもいくつかある。正体はわからないが、ここまでじっくり読んでくれていたとは嬉《うれ》しい。

「近ごろ江戸では出しておらぬようだが」

「赤鬼に煙たがられてるんだ。町中役人だらけでかわら版を売る隙《すき》がねえのさ」

「なるほど。井伊も警戒しているのか」

「後ろ暗いことをしてるからさ。で、あんた、何しに来たんだい？」

幕府の役人ならすぐに銀次を捕らえようとするだろう。しかし、そんなようすはなかった。いったい何者なのか。

「ほかでもない。お主は島津の殿さまにかわら版を売っていただろう」

「知ってるのか」

どうやら西郷吉之助のつながりらしい。多くのかわら版は島津斉彬の手を経てこの男に渡っていたのかもしれない。

「我が殿は島津公と昵懇《じっこん》にしていた」

「なるほどな。てことは、あんた一橋派か？」

「さすがに察しがいいな」

三好がにやりと笑った。

「今日来たのは、お主に面白いものを見せてやろうと思ってな」

「かわら版のネタをくれるっていうのか」

「そういうことだ」

「つまり幕府じゃ表だって言えねえことを俺に書かせようってことかい」

三好は何も言わずに微笑んだ。

「やっぱりか。でも俺は誰《だれ》かの言いなりには書かねえぜ。書くのはこの目で見たことだけだ。きれいなのも汚いのも、思ったように、好きなように書く」

銀次は言った。

「それでよい。しかし噂《うわさ》どおり口の減らぬやつだな、お主は」

「命をかけてるのは武士だけじゃねえ。それで、面白いものってなんだよ？」

「明日来て欲しいところがある。見れば必ず満足するだろう。それだけは約束する」

三好は自信ありげに言った。


翌朝早く、銀次は芳徳と待ち合わせ、三好の言った場所に足を運んだ。何があるかわからないので、かわら版を売るときと同じように編《あ》み笠《がさ》を深くかぶっている。降り続けていた雪はみぞれに変わり、二人の格好は、同じように笠をかぶる町人たちにまぎれ、目立たなかった。

三好が指定したのは江戸城のすぐそばにある米沢《よねざわ》藩の江戸屋敷の門前である。

「遅いね、三好さん」

「刻限通りだがな。朝っぱらからこんな寒いところで待たせやがって。さっさと来いってんだ」

銀次は手をこすり合わせた。

「誰かに会わせてくれるのかな?」

「米沢藩っていえば外様大名だ。上杉謙信《うえすぎけんしん》の系譜だな」

「上杉家って一橋派なの?」

「さあ。中立だと思ってたが……」

あたりには武鑑《ぶかん》を手にした町民が増え始めていた。ここは江戸城から近い。出仕する大名行列を見ようという野次馬たちであろう。城の近くでかわら版を売ることは難しいから、銀次もこのあたりの地理には詳しくない。三好に騙《だま》されたのかと不安になった。

「今日は帰ろう。自分から言っといて、遅れてきやがるなんて許せねえ」

「でも……」

「さ、行くぞ」

銀次が足早に歩き出したとき、道の端に並んだ民衆が騒ぎ出した。

「大名駕籠《かご》が来るぞ」

「橘《たちばな》の家紋だ。どこだ？」

はしゃいだ声とともに人々が武鑑をめくる。

銀次は行列など見慣れている。気にせず行こうとしたとき、

「直訴にございます！　どうか、どうか！」

と、声が聞こえた。

振り向くと、白い文のようなものを持った男が大名行列の駕籠に走り寄るところだった。

行列が止まる。

訴状を持った男は雪の上に両膝《りょうひざ》をついて叫んだ。

「おい、直訴だってよ」

銀次が言った。

「ネタになりそうだね」

芳徳も言う。

これが三好の言っていた面白いものだろうか。

しかし、大名行列の家臣が面倒くさそうに近づいてきた瞬間、直訴しようとしていた男は刀を抜いて斬《き》りかかった。合羽《かっぱ》の下に刀を隠していたようだ。前にいた家臣が顔を斬り割られた。

「うわっ、何しやがる！」

銀次が叫んだ途端、銃声が響いた。それと同時に路地や堀端から飛び出した武士の一団がいっせいに駕籠へ襲いかかった。

「井伊直弼、覚悟！」

鋭い声が響き、乱闘が起こった。雪の中に真っ赤な血が飛ぶ。

「こりゃ彦根藩の行列か！」

間違いない。あの大名駕籠の中には井伊直弼がいる。

「ネタはこのことだったの？」

芳徳が青ざめている。

「見ろ！　三好だ！」

銀次の指さす先には、硝煙《しょうえん》の立ち上る短銃を構えた三好貫太郎がいた。

三好は銀次と目が合うと、かすかにうなずいた。

「あの野郎。それならそうと先に言えってんだ」

銀次は路地に身を隠し、矢立《やたて》を出した。巻紙に筆を走らせる。

短銃を持った者は三好のほかにもいた。

駕籠にはたて続けに何発も銃弾が撃ち込まれ、槍《やり》を突き刺す者もいた。

雪のため、彦根藩士はほぼ全員が雨合羽を着ており、刀を傷めぬよう、柄袋《つかぶくろ》と鞘《さや》袋《ぶくろ》をつけていた。刀を抜こうにも、紐《ひも》がなかなかほどけない。しかたなく何人かの護衛は素手で刺客に立ち向かったが、虚《むな》しく指を切り飛ばされただけであった。

しかし行列の護衛にも強者《つわもの》がいた。

彦根藩一番の剣豪、河西忠左衛門《かさいちゅうざえもん》に続き、若手の永田太郎兵衛《ながたたろうべえ》も敵の中に突っ込み身を躍らせて奮戦した。しかし、いかんせん多勢に無勢であり、時がたつとともに二人は動きを止め、雪の上に倒れ伏した。

「やりやがった！　一橋派だな」

「誰かが役人を呼びに行くんじゃゃない？」

「城のそばだ。番士がすぐ来る」

銀次は目前にある桜田門《さくらだもん》を見た。井伊直弼は登城の途中だったのだろう。彦根藩の江戸屋敷はすぐそばにある。

「芳徳、赤鬼は出て来たか」

「ううん。ほんとに乗ってるのかな」

駕籠は閉ざされたままだった。もっとも、出たら即座に斬られるから中で息をひそめているのかもしれない。それともすでに死んでいるのか。

駕籠のそばにはもう守る者もいない。

このとき刺客の一人が駕籠に走り寄り、荒々しく戸を開け放った。中から羽織はかま姿の男を引きずり出す。

「あっ、動いた！」

芳徳が言う。

駕籠の外からさんざん攻撃された井伊直弼の着物は血に染まっていたが、いまだなお生きていた。

刺客は「ひゃああっ!」っと高い声で叫びながら刀を振り上げた。

薩摩示現流《じげんりゅう》独特のかけ声である。

しかし、その声で目が覚めたのか、地面に横たわっていた彦根藩士の一人がふらふらと立ち上がり、とっさに刺客の前に立ちふさがって追撃を止めた。

井伊はその隙を突いて走り出した。

「あの野郎、逃げやがった!」

雪煙の中、直弼はこっちに向かって走ってきた。銀次たちの後ろにある米沢藩の江戸屋敷の横には細い路地があり、その向こうには松平家など多くの譜代の藩が並んでいた。そこに助けを求めようというのだろう。

刺客たちは目の前の敵との戦いに夢中でまだ気づいていない。

「逃げちゃうよ!」

芳徳が叫んだ。

銀次は前かがみになって泥まじりの雪をつかみ、駆け出した。

直弼の前に立ち塞《ふさ》がった。

「どけっ!」

「どくか！」

「おのれ、何やつだ！」

丸腰の銀次を見て直弼が叫んだ。

「極楽……。いや、地獄からの使いさ。くらえっ！」

銀次は泥まじりの雪の塊を直弼の顔面にたたきつけた。

「ぬうっ！」

井伊が必死で顔をぬぐう。

「よくも松陰をやりやがったな。てめえは松陰の足元にも及ばねえ。権力をふるいたいだけの屑《くず》が、あんな立派な奴《やつ》を殺しやがって！」

銀次の目に涙があふれた。親を嫌って獣のように生きてきた銀次は松陰と会って、初めて生きる意味を得た気がした。あのとき自分は本当に生まれたのかもしれない。

でも、井伊のせいで松陰は死んだ――。

銀次は力の限り叫んだ。

「ここに井伊がいるぞっ！　こっちだ！」

毎朝、辻の雑踏の中でかわら版を売るため、張り上げてきた大声である。

その声は舞い散る雪を貫き、刺客たちのもとまで届いた。

刺客の集団がいっせいにこちらを向き、井伊を認めると走り出した。

「ひゃあああっ！」

先頭で声を上げたのは先ほどの薩摩の刺客だった。

殺到する男たちを見た直弼は慌てて逃げたが、すぐ雪に足を取られて転んだ。

薩摩の刺客は一足飛びに追いついた。

「ちぇすとーっ！」

身を縮めた直弼の首に刀がたたき込まれた。刀はそのまま雪の下の地面まで突き刺さり、首が跳ね飛んで、切っ先が砂利を弾《はじ》く音がした。この刺客にとっては主君たる島津斉彬を暗殺した仇敵《きゅうてき》であろう。

戦いは終わった。

負傷して動けなくなった刺客たちは次々と自決した。

敵味方の区別なく、侍たちの鮮血の上に雪が降り積もっていく。

「松陰。かたきはとったぜ……」

銀次がつぶやいたとき、三好貫太郎がやって来た。

「見たか」

三好がひとこと聞いた。

「見た。それほど面白くなかったけどな」

濃い血の匂《にお》いで吐き気が込み上げてくる。

「井伊はもっと殺した」

口を引き結んだ三好の着物の右袖《みぎそで》からは返り血がぽたぽたと垂れていた。

「あんたら、薩摩の侍か？」

「薩摩もいるが、ほとんどは水戸の浪士だ」

「なるほど。水戸の尊皇攘夷派か」

銀次は納得した。井伊直弼は密勅の引き渡しを迫り、水戸藩を改易しようとしていた。水戸の徳川家はもともと将軍家のお目付け役でもある。藩士は憤懣《ふんまん》やるかたなかっただろう。井伊はやりすぎたのだ。

「書いてくれるな」

三好が言った。

「ああ。見たままを俺が思った通りにな」

「それで構わぬと言っている」

三好は微笑むと、懐から短銃を取り出した。

「これは礼だ」

「なんだよ、これ」

「我が殿が作った銃だ。取っておけ」

この銃は、ペリーが来航したときに幕府へ贈呈した最新型コルトM1851ネイビーを〈烈公〉徳川斉昭が模倣して作ったものである。銃身内に施条《しじよう》まできっちり刻まれた精巧なものだ。

「もらっていいのか？」

「ああ。お前も俺たちの仲間だ」

「俺はただ松陰のかたきを討ちたかっただけだ」

銀次は井伊には信を置いていなかったが、攘夷派が正しいのかどうか、まだ判断がつかなかった。

「命があればまた会おう」

銀次はのちに知ることになるが、三好と名乗ったこの男の本名は関鉄之介《せきてつのすけ》といって井伊暗殺を主導した男だった。

刺客たちが走り去ると、彦根藩邸から藩士たちがようやく駆けつけてきた。彼らは彦根藩士の死体だけでなく斬り飛ばされた指や耳までも拾い集めた。

しかし肝心の藩主・井伊直弼は胴体だけしかなかった。彦根藩士たちは必死になって頭部を探していた。

「帰るぜ、芳徳」

「うん。すぐにかわら版を書かなきゃね」

「ああ。江戸で最後の大仕事だ」

「えっ？」

「行くぜ」

銀次が雪を蹴《け》って走り出した。

その日の夕方、久しぶりに銀次は深川の辻に立った。雪はやんで天気はすっかり回復している。

「さあさあ、今日のかわら版はとっておきの号外だ！　今朝起こった桜田門の騒ぎ、あれで死んだのは赤鬼の井伊直弼だ！　出仕の途中の桜田門で、目の前に現れたのは水戸浪士、薩摩の浪士も一緒になっての大襲撃！『桜田門外に赤鬼死すの巻』だ！　さあ買った買った！　聞いて極楽、見て極楽、俺はこの目で一部始終を見たぜ！」

「おお、極楽屋！　こんな夕暮れに久しぶりじゃねえか」

常連の左官が声をかけてくる。

「最近、幕府に目の敵《かたき》にされてるのさ。井伊の赤鬼をすっぱ抜いてるからな。でもその赤鬼もついに討たれちまった」

銀次は唾《つば》を飛ばした。

役人の姿はない。井伊の暗殺犯捜しで忙しいのだろう。

「よし、買った！　早く読ませてくれ！」

「毎度あり！」

かわら版には桜田門前の事件が絵図入りで詳細に報じられている。芳徳も目の前で見たから、刺客の人数までしっかり描《か》かれていた。襲撃に参加したのは十八名。戦いのさなか、彦根藩士に斬られて死んだ水戸浪士は稲田重蔵《いなだじゆうぞう》ひとりだけであった。赤鬼と呼ばれた直弼だったが、その家臣の狼狽《ろうばい》はひどく、逃げ出した者も多かった。

現場に残った者も四人が死に、重傷者も多数出た。

井伊直弼の首はいまだ、若年寄、遠藤胤統《えんどうたねのり》の邸内にある。

井伊を斬った薩摩の刺客、有村次左衛門《ありむらじざえもん》は首を取ったが、すぐ後に彦根藩士に斬られ、深手を負って遠藤家の屋敷の前で切腹した。遠藤家の者たちが惨状に驚き、慌てて有村を邸内にかつぎ込んだが、有村は死してなお、直弼の首を右手でつかんだまま放さなかったという。

急遽《きゆうきよ》八百枚摺ったかわら版は一瞬で売り切れた。

極楽屋のかわら版を読んだ者たちはどっと桜田門外に見物につめかけ、赤くぬかるんだ雪をおそるおそる見て歩いた。

翌朝、町の辻に役人がいないことを見て取ると、銀次は次々と桜田門外の事件の続報を売り始めた。

井伊直弼を嫌っていた遠藤胤統は、「幕府の死体あらためがすまぬうちは首を渡すわけにはまいらぬ」と、井伊家の使者を五回も突っぱねたこと。幕府も交えた交渉で、すったもんだの末、首級はようやく井伊家に引き取られたこと。井伊家は「主君は負傷し自宅療養中」と嘘《うそ》をついていること。井伊家が断絶を免れたのは彦根藩が水戸藩に敵討ちするのを防ぐためであること――。

銀次のもとには、逐一、関鉄之介から情報が入ってきた。斉昭の後を継いだ水戸藩主の徳川慶篤は、直弼が死んでいると知りながら、平然と彦根藩上屋敷に見舞いに行って嫌がらせをしたこと。

井伊直弼の墓碑に刻まれた命日が、実際の三月三日よりもかなり遅い「閏《うるう》三月二十八日」となっているのはこのためである。安藤信正《あんどうのぶまさ》ら、残った老中たちの計らいにより、直弼の子、直憲《なおのり》への跡目相続はなんとか認められ、井伊家はお取り潰しを免れたが、その未来は暗くならざるを得なかった。

極楽屋が内幕をすべて暴いたため、江戸市中の人々は、井伊掃部頭《かもんのかみ》をもじって「いい鴨《かも》を網でとらずに駕籠でとり」などと揶揄《やゆ》した。また、首を取られたにもかかわらず病臥《びょうが》と言い繕ったので「倹約で枕《まくら》いらずの御病人」などと川柳も作られた。

この事件により、井伊の派閥による専制体制はついに破綻《はたん》した。

＊＊＊

桜田門外の異変を書き切ったあと、銀次と芳徳は嶋村屋でささやかな祝杯をあげた。

「彦根藩は火が消えたようだね」

芳徳が言う。

「まあ、あの体たらくじゃな」

彦根藩士全員が決死の覚悟で戦えば、あるいは直弼の首も守れたかもしれない。だが武士の魂も錆《さ》びついていたのか――。

直弼の警備をしていた彦根藩士のうち、重傷者は僻地《へきち》に流され、軽傷者には切腹の沙汰《さた》が下った。さらに、傷のなかった者は斬首《ざんしゅ》となった。処分は本人のみならず親族までも及んだ。

「でも赤鬼には、水戸浪士の襲撃に注意しろって知らせが入っていたんでしょ？」

芳徳が言った。

「でも赤鬼は護衛を増やさなかった。そんなことをしたら、みっともないという理由でな。つまり、あいつは見栄《みえ》の塊だった。見栄で幕府をめちゃくちゃにして、松陰まで殺しやがった」

銀次は酒杯を口に運んだ。

「一番上に立つ人が私情に溺《おぼ》れると、国は大変なことになるんだね」

「あいつはただ代々徳川に仕えてきたということだけが自分のよりどころだったんだろう。国の未来も庶民の幸せも何も考えてねえ」

「……ねえ、銀次」

「なんだ」

「桜田門から帰るとき、最後の仕事って言ってたけど……。どういうこと？」

芳徳が聞いた。

「ああ、それか。言ってなかったな。実は……」

言いかけたとき、お延が追加の酒を持ってやってきた。

「ご活躍ね、銀ちゃん！」

「おお、お延ちゃん！　やっと大手を振って飲みに来られるようになったぜ」

「こわい赤鬼がいなくなったから？」

「そうさ。ご公儀もかわら版どころじゃねえだろうよ。引きこもったきりで大変だったぜ。良庵先生にはやたら手伝いをさせられるしよ」

「でもこれでまた毎日かわら版を出せるわね」

「それなんだがなぁ……。そうもいかねえんだ」

「どうして？」

お延が愛くるしい瞳《ひとみ》で銀次を見た。

「実は……」

言いかけたとき、ドスのきいた声が飛んできた。

「おい銀次！　てめえこんなところで何のんきに酒飲んでやがる」

声のほうを振り返ると、大和屋の太次郎が来ていた。

「うるせえな、今から大事なことを言おうとしてんのに邪魔しやがって」

「なんだと⁉」

「引っ込んでろ！」

「そうはいかねえ。てめえのせいでこっちはどれだけ損したと思ってるんだ」

「なんのことだよ？」

「てめえのせいだろ！　あることないこと書きやがって、三月《みつき》も商売あがったりだったんだぞ」

かわら版を売れなかったのは銀次だけではない。役人の厳しい見張りで、大和屋も動けなかったのだ。

「ああ、赤鬼が帝を狙《ねら》ってるって話か？　本当だから仕方ねえ。それを書くのがかわら版屋ってもんだろ」

「馬鹿！　少しは考えろ。捕まったら元も子もねえだろ」

「じゃあ、てめえんとこみたいに役人にごまをすれってのか」

「そういうのを持ちつ持たれつってんだ。少しは大人になれってんだ」

「いや、大事なのは知行合一《ちこうごういつ》だ。俺は飛耳長目《ひじちようもく》をもって、かわら版を庶民の武器とする」

銀次は松陰の真似《まね》をしておごそかに言った。

「は……？　何言ってやがる」

太次郎が戸惑った顔をした。

「どうだ。わからないことばかり言われて嫌な気分になっただろ」

「この野郎！　表に出やがれ」

太次郎が銀次の襟をつかんだ。

「もう！　喧嘩《けんか》なら外でやってよ」

「違う。こいつは汚いやつなんだ。前に大地震があったとき俺に縄張りをよこすと嘘をつきやがって……」

「嘘じゃねえさ」

「なんだと？」

「今からその話をしようとしてたとこなんだ。江戸を離れるってな」

「嘘……。銀ちゃん、どこかに行くの？」

お延が心配そうに見る。

「ほんとか、銀次」

太次郎が胡散臭《うさんくさ》そうに銀次を見た。

「まあ聞け。てめえも座れよ」

「よし。聞こうじゃねえか」

太次郎がどっかりと座った。

「ともかくだな。俺は江戸を離れて京へ行くことにした」

「ええっ！」

芳徳が悲鳴を上げた。

「嘘でしょ、銀ちゃん……」

「本当か、銀次？」

三人とも驚いた。

「本当だとも。大和屋、明日から江戸はお前に任せる」

「任せる？　なに言ってやがる。もともと江戸は俺のもんだ」

「いや。近ごろじゃ俺のほうが売れていた。記事も絵も、うちのほうが断然いい」

「寝ぼけるな！　お前んとこは下衆《げす》な話と物の怪《もののけ》ばっかりじゃねえか」

「それがいいとこだろ。みんなそういうのが好きだからな。でもここらで一度幕引きよ。これからの世の中心は京だ。天子さまのおわす日の本の都だ」

「ちょっと待ってよ、銀次。そんなこといきなり言われても……」

芳徳が涙目になる。

「かわら版は刻々変わる事件を追いかける。聞くだけじゃねえ。見ることも大事だ。これから京で大事件が起こる……。多分な」

松陰が言ったからたしかだろう。

「そうか、京か。それはいい。行け行け！」

太次郎が嬉しそうに笑った。

「大和屋。ひとつ忠告しておく。お前は幕府の言いなりになりすぎてる。雇い人の中に幕府の隠密《おんみつ》がいるかもしれねえ。いいように利用されんなよ」

「なんだと？」

「お前のかわら版で泣くやつも出て来るってことさ。気をつけろ」

「う、うるせえ」

太次郎が少し動揺していた。井伊寄りのかわら版を出していたため、これからは大変かもしれない。

「寂しくなるわね」

お延が目を潤ませた。本当に悲しんでくれている。銀次は嬉しくなった。

「寂しくはならねえよ」

銀次はお延を見つめた。

「えっ……。どうして？」

「だってお延ちゃんも京へ行くからだ」

「ええっ？」

お延の目が見開かれる。

「ちょ、ちょっと待て、銀次！　お延ちゃんがなんで京に行くんだ？」

太次郎が目をむいた。どうやらお延に岡惚《おかぼ》れしていたらしい。

「俺が来て欲しいからだ。金のことは任せとけ。黙って俺についてこい！」

こういうことはきっと勢いである。

「黙ってられるか！」

太次郎が立ち上がった。

「お前には関係ねえ。お延ちゃんの気持ちひとつだ」

「でもおっかさんがなんて言うか……」

お延の声がかすれた。

「おっかさんも一緒に京へ行こう。京は広いぞ」

「おとっつぁんはどうなるの？」

「おとっつぁんも行けばいい」

「弟と妹もいるけど」

「む……。それも一緒でいい」

「犬は？」

「犬？　犬なんていたっけ」

「猫もあわせて三匹いるけど」

「ええっ、わりと大家族だな……」

銀次が腕を組んで考え込んだとき、

「勝手だよ、銀次は」

と、芳徳が言った。

「俺も今、心が決まったんだ。俺だってびっくりさ」

「こっちだっていろいろあるんだよ！」

芳徳は怒っているようだった。

すったもんだしながら泥酔し、芳徳にかつがれて、国芳の家の芳徳の部屋になだれ込んだ銀次は、すぐに布団に潜《もぐ》り込んだ。

自分の思いつきに気分をよくしていた。芳徳とお延がいれば、今までと変わらず、かわら版を出していけるだろう。

翌朝早く、誰かのしゃべる声で目が覚めた。

（なんだよ、朝っぱらから）

布団に潜り込もうとしたが、部屋の外で話しているのは芳徳だと気づいた。

「京に行くだと？」

「はい。これからは京で事が起こるって銀次が……」

話している相手はどうやら芳徳の師匠、歌川国芳らしい。

「本当によいのか。お前の絵もようやく売れ出したところではないか」

国芳が言う。

「もとはといえば、かわら版の挿絵を描き続けてきたことが今の自分の絵に力を与えているると思うんです」

芳徳の声がいつもより小さかった。

「情か」

「えっ？」

「自分の絵を極めるより、友のほうが大事か？」

「それは……」

芳徳が言葉に詰まった。

(芳徳のやつ、迷っていやがったのか)

銀次は身を起こし、布団の上にあぐらをかいた。

考えてみれば、芳徳には芳徳の人生がある。自分が行くといえば当然ついてきてくれると思っていたが、それが芳徳にとって本当にいいことなのかどうか――。

「よく考えよ。己の行く末をな」

そう言って去っていく国芳の足音が聞こえた。

（ちぇっ。俺ときたら自分のことばかりだ。これじゃ赤鬼と同じじゃねえか）

がっかりしていると、芳徳が部屋に戻ってきた。慌てて布団に潜り込む。

芳徳は座り込むと長い溜息《ためいき》をついた。

銀次は寝たふりをしていたが、もはや睡魔はまったく訪れない。

翌日はかわら版を出さず、休みにすると伝えた。芳徳は、それなら歌舞伎《かぶき》の芝居を見に行って役者の絵を描いてくるとのことだった。

「じゃあ行ってくるね」

「ああ。ゆっくりしてこいよ」

芳徳の背中を見送ると、銀次は自分の長屋に帰り、旅支度を整えてすぐに出立した。心を決めたなら早いほうがいい。

芳徳には「立派な絵師になれ」と置き手紙をしておいた。

お延にもお延の事情があるだろう。家族も店もある。琴若のこともふと頭をよぎったが、医者になるという新しい道を見つけていた。良庵に任せておけば大丈夫だ。

かわら版はもともと一人で始めたことだった。筆と紙があればかわら版は書ける。最初深川で始めたときのように、京でもやればいい。芳徳のようにいい絵師がいるかどうかはわからないが、いなければ自分で描くしかないだろう。あのへたくそなアマビエの絵を描いたかわら版屋にも、きっと事情があったに違いない。

さらば、江戸――。

銀次は駆け足でさっそく品川へ向かった。東海道を進めば十日と少しで京に着く。万感の思いを込めて深川を振り返った。ここでいろんなかわら版を書き、たくさんの人々に売った。つらいことも多かったが、思い出は甘美だった。

しかし銀次は常に新しいものを見たかった。

江戸を飛び出した次の日、川崎《かわさき》宿の万年屋《まんねんや》で奈良茶飯を食べていると、後ろから頭をはたかれた。

「こらっ、銀次！」

名前を呼ばれて驚いた。こんなところに知り合いがいるはずもない。

しかし振り向くと、懐かしい顔が自分を見ていた。

「芳徳⁉　こんなところで何してやがる。ていうか、なんで殴った。ひどいな、この野郎」

「ひどいのはどっちだよ！」

「そりゃあ……。そっちだろ？」

「違うよ、銀次だよ。黙って江戸を出て行くなんて」

芳徳がこっちをにらんでいた。

「怒ってるのか」

「怒ってる。おいらに相談もしないで」

「だってお前、もう売れっ子じゃねえか。このまま、俺のかわら版につき合わせるわけにはいかねえ」

「だから、なんで勝手に決めるんだよ！　極楽屋の絵師はおいらだけだ」

「けど、お前はいずれ立派な絵師になりたいって……」

「そりゃなりたいさ。でも売れっ子になったたって、いったい誰と喜んだらいいんだよ。一番大事な友達が、勝手にいなくなるなんてあんまりだ」

芳徳の目が潤んでいた。唇が震えている。

「芳徳……」

銀次も目をこすった。

「そりゃ俺だってお前とやりたいさ！　でも、かわら版なんて日の目を見ない御法度稼業だぞ。お前は東海道五十三次や、富嶽《ふがく》三十六景を描いたりしたいんじゃないのか。本当にいいのか？」

「絵師としての絵はこれからも描くよ。でもかわら版の挿絵も描きたいんだ。河童《かっぱ》だって黒船だって、おいらは楽しかった。たくさん描くのなんてぜんぜん苦じゃないよ。おいらは絵が好きだから描いてるんだ」

「そうか……」

それ以上は言葉にならなかった。

「ほんとに水くさいよ、銀次は」

芳徳はまだ涙目だったが、ようやく笑ってくれた。

「しかしよくここがわかったな。東海道ですれ違ってたかもしれないんだぞ？」

「だって前に出した宿場飯番付で、万年屋の奈良茶飯を東の大関にしてたじゃない。ここで待ってればきっと銀次が来ると思って、駕籠で先回りしたんだ」

芳徳が笑うと、両頬に小さなえくぼができた。

「へっ。さすが俺の相棒だな」

芳徳が一緒なら、これまで通り全力で戦えるだろう。

銀次は、急にほっとした。やはりちょっと不安もあったのだ。

「おいらも頼むよ。食べるのは初めてなんだ」

芳徳も奈良茶飯を注文し、絵筆の準備を始めている。

絵付きの料理番付も面白いかもしれない。

食べ終えると、二人で東海道を歩き出した。

この先に新しい日本の未来がある。

京でいったい何が起こるのか。

日本の未来を作っていく志士として、自分に何ができるのか。

井伊直弼の死は日本に衝撃をもたらした。龍馬も、長州にある松陰の弟子たちもそれぞれに動き始めている。

銀次も肌で時代のうねりを感じていた。

芳徳が聞いた。

「京で住む家とか、摺り師のあてはあるの？」

「そういえばないな。つい勢いで出てきちまったからよ」

「もう、ちょっとは考えなよ、銀次……」

「ま、なんとかなるさ。出たとこ勝負だ！」

「言うと思った」

芳徳がおかしそうに笑った。

「なあに、住めば都、俺たちは極楽屋だ」

この先もきっと、どでかいネタが待っているだろう。銀次の胸はすでに期待でいっぱいに膨らんでいた。

解説

縄田一男

「さあさあ、聞いて極楽、見て極楽！　娯楽たっぷりのかわら版だよ」と、威勢のいい売り声でかわら版を売るのは極楽屋《ごくらくや》の銀次《ぎんじ》。いつも側には挿絵《さしえ》を描《か》いている絵師の歌川芳徳《うたがわよしとく》がいる。この二人の名コンビによる痛快幕末エンターテインメントの始まりだ。

『超高速！　参勤交代』『幕末まらそん侍』『引っ越し大名三千里』と、刊行作品が次々と映像化される土橋章宏の、江戸の町人ものが本作だ。

やらせまがいの心中や、困った時の河童《かっぱ》だのみなど、売れれば低俗なものでも構わない銀次。「字を読むのも書くのも、そして人の生きざまも、かわら版が教えてくれた。それだけに若干《じやっかん》ゆがんでしまったかもしれない」が、銀次にとってはたった一つの楽しみで、それは胸をわくわくさせられたものであった。

芳徳は師匠歌川国芳《くによし》のもとで修業中の身だが、銀次のかわら版の挿絵を担当するだけでなく、取材も一緒なら、売っている間は見張りとして後方支援。銀次が道を踏み誤るのを止めるなど、なくてはならない存在。一番大事な友達だ。その関係性が読んでいて清々《すがすが》しい。

時は嘉永《かえい》六年、浦賀《うらが》にペリーの黒船が来航したから大変だ。江戸の野次馬の好奇心をそそり、大手のライバル・大和屋《やまとや》を出し抜くために、飛脚屋をはじめ情報屋からネタを仕入れ、日々奔走《ほんそう》していたところへこのビッグニュースが舞い込んだ。

銀次の出自の関係で、かねてより親しくしていた「江戸一番の物知り」佐久間象山《さくましょうざん》からまずは事前に黒船の情報を得てのち目撃しようとするなど、新聞記者としてはなかなか筋がいい。

象山の〈五月塾《さつきじゅく》〉で勝麟太郎《かつりんたろう》と偶然出会い、象山から「ニューズペイパーのライターだ」と言ってもらった二人。「何でもその目で見てやろうとする実践の徒」と評されるも、いまだかわら版を多く売って江戸で一番になるとしか考えておらず、この後、日本の歴史が大きく動くのと軌《き》を一《いつ》にして自分たちも変貌《へんぼう》していくのを知らずにいた。民の武器となる記事を書け——そこで、そう象山から妙な知恵をつけられたものだからもう止まらない。向島《むこうじま》の通いの芸者・琴若《ことわか》から高利で金を借りて、記者とカメラマンは浦賀まで取材に出かける。その機動力が素晴らしい。

泰平の眠りを覚《さ》ます上喜撰《じょうきせん》たった四杯で夜も寝られず——と歌われたペリー来航。江戸っ子ならではの洒落《しゃれ》っ気たっぷりの歌だが、もともと、かわら版は幕府から禁止されているものだから、庶民は新しい情報に飢《う》えていたと推察される。封建社会においては、庶民に真実は伝えられない。まして鎖国下だ。異国と接触しても罰《ばっ》せられる。幕府も、泰平の世に慣れきり、この未曽有《みぞう》の事態にどう対応していいのかわからない。老中も、隣国の清《しん》が阿片《あへん》戦争に敗れ、海外列強から武力で支配されたのは知っているので、同じ轍《てつ》を踏みたくはないが、首座の阿部正弘《あべまさひろ》をしても、今のままの幕府では難関を乗り越えることはできないとわかっている。

この閉塞感《へいそくかん》満載の世の中、思わぬ敵の出現に際し、それぞれの才を有した英雄たちは現れた。

取材の途上、ひょんなことからやはり黒船を見に来ていた坂本龍馬《さかもとりょうま》と出会った二人。情報は鮮度が命と早々に別れるも、龍馬と象山を繋《つな》ぐ役目を果《は》たすことになる。黒船再航の嘉永七年、横浜まで行った二人は、結句、虎穴《こけつ》に入らずんば虎児を得ずと、黒船に乗り込む！

銀次の、野次馬根性の塊《かたまり》のような無鉄砲さに舌を巻きつつ、青ざめながらもついていき、しかし彼を助ける良きバディの芳徳の純粋さに心和《なご》ませていると、今度は黒船で、吉田松陰《よしだしょういん》と出会うから、物語の展開が、まるで極楽屋のかわら版を読むようでわくわくさせられる。

アメリカへの密航を企《くわだ》てるも、捕らえられていた松陰と、案の定捕まって甲板下の暗い船室に閉じ込められた二人は出会う。翌日までの短い時間だが、銀次にとっての大きなターニングポイントとなる時間であった。

たくさんの出会いがあり、その度に成長していく銀次の、その方向性を決定づけた出会いとなった。

人を人たらしめるのは志だ。「なんのために生きておる」と松陰に問われた銀次は、その出自から考えたこともなく「飯か女のため」と、頓狂《とんきょう》な答えしかできない。「立志なくしてそれでも男子か。人はその生まれ出でたるところに責務があるのだぞ」と諭《さと》される。「人は……恩を受けたり与えたりして生きていくもの」「人のために役立とうとする志を持ってこそ人間といえるのだ」と。

翌日、ペリーに殺されるところを「この者たちを殺す気なら、先に私を殺しなさい」と、命がけで助けてくれた松陰に、「こんな人が俺《おれ》の父親だったら」と、普段は考えたこともない、心の奥底の思いに気づく。

「お前はお前の志を探せ。誇りを持て」「忘れるな。志さえ持てばお主も志士の一人よ」という松陰の言葉を胸に、庶民に真実を伝え、なおかつ笑いで救いを与える――報道の使命と生きる意味を、ともに松陰との出会いで得た銀次。〈庶民の耳目　極楽屋〉は『黒船潜入！　鬼大将ペリーとの死闘！』と、一大スクープを報じる。時の老中も知るところとなり、島津斉彬《しまづなりあきら》は西郷吉之助《さいごうきちのすけ》（後の隆盛《たかもり》）に命じて銀次のかわら版を調達し、さまざまな情報を得ようとするほどだ。

密航＝死罪の時代、知行合一《ちこうごういつ》の松陰は自首してしまうが、命がけで助けてもらった銀次は、龍馬とともに松陰を救うため、かわら版で援護射撃をして死罪から救うことに成功する。その情報戦と心理戦。銀次の、出自から自然と身についたであろう、相手の心理を穿《うが》った見方は、その後も記者として大いに役に立つ資質であろう。

このような幕末の多難な状況下で、倒幕運動に呼応するかの如く、大地震が連発する。

最初のペリーの来航の翌年に南海トラフ巨大地震（安政《あんせい》東海地震および安政南海地震）、さらに飛越《ひえつ》地震、安政八戸《はちのへ》沖地震、伊賀上野《いがうえの》地震その他と、安政年間に顕著《けんちょ》な被害をもたらした地震は「安政の大地震」と総称されるが、特にここで描かれているのは安政二年に発生した安政江戸地震。大変な被害である。

幕府は、黒船来航や東海地震、南海地震を不吉として改元するも、またもや地震が起こってしまった。

この大地震で江戸城も石垣が崩れ門が倒壊し、江戸中が燃えた。

大火災があると、かわら版屋は出火場所を細かく羅列して記録し、売り出すのが慣わしである。この〈出火場所附《しゅつかばしょづけ》〉が行方《ゆくえ》不明の人々の安否確認の助けとなる。地方の農村から江戸に出稼《でかせ》ぎに来ている人は多い。地震の時は〈出火場所附〉を飛脚で実家に送る人も多く、それにより消息を知ることが可能になる。

出来るだけ早く、そしてより多くの情報を――安価に。粉骨砕身、人の役に立つという松陰の志を、銀次はこの危機に接し、自然と体現していく。それは読んでいて胸がすく思いがする。あのやらせまがいの心中や河童だのみの銀次が、売れれば低俗なものでも構わない銀次が――象山の言う〝教育〟とは、人間にとっていかに大切なものか――深く考えさせられる。

一息つく間もなく、江戸でコロリが流行《はや》る。ここでもかわら版屋として大活躍をする二人に、コロナ禍《か》を経た私たちは、作中の架空の人物としてだけではなく、同朋として応援をする気持ちが自然と湧《わ》いてくるのだ。

医師の良庵《りょうあん》のもとで、偶々《たまたま》出会った薬売りの歳三《としぞう》――とくれば言わずもがなだが、時代物としてここでチャンバラシーンが登場して、わくわくさせられた。後ろチャリーンだ。チャンバラ好きにはたまらない。それを、歳三が、黒刀相手にとなればなおさらだ。

しかし時は安政——安政の大獄により、銀次の恩人である松陰が、小伝馬町《こてんまちょう》の東牢《ろう》に投獄されるや、銀次は助け出すために牢に潜入を敢行！　しかし松陰は……。銀次に、何か生きがいのようなものをくれた松陰。銀次を新しく生まれ変わらせてくれた松陰。ならばと、獄中独占インタヴューをする銀次に、私はその成長を見た。

幕末の動乱期、尊王攘夷《そんのうじょうい》に揺れる日本。天災、疫病……。その度に苦しむのは弱い庶民だ。その庶民のため、かわら版は政を変える民の武器となれ。飛耳長目《ひじちょうもく》——何かを為すには広く情報を収集し判断材料とせねばならない。これから政の中心は京だ。京へ行けと松陰に訓《おし》えられた銀次——一介のかわら版屋だった銀次は、多くの英雄と出会い、感化されたことで、大きく変貌を遂げる。正しく心の成長だ。そして確かに世の中の変化に影響を与えることになるのだ。

読み終えてしまったが、これから時代がどうなっていくかを知っている身としては、それらに銀次がどう対応し、どう関《かか》わっていくのかを知りたくて堪《たま》らない。きっと想像を超える働きをしてくれるに決まっている。早く続編を出してもらわないと困る。

（なわた・かずお／文芸評論家）

本書は、二〇二二年七月に小社より単行本として刊行されました。

時代小説文庫
と6-4

号《ごう》外《がい》! 幕《ばく》末《まつ》かわら版《ばん》

著者　土《ど》橋《ばし》章《あき》宏《ひろ》

2024年12月18日第一刷発行

発行者　角川春樹

発行所　株式会社 角川春樹事務所
〒102-0074 東京都千代田区九段南2-1-30 イタリア文化会館

電話　03(3263)5247[編集]　03(3263)5881[営業]

印刷・製本　中央精版印刷株式会社

フォーマット・デザイン&シンボルマーク　芦澤泰偉

ISBN978-4-7584-4682-2 C0193　

http://www.kadokawaharuki.co.jp/[営業]
fanmail@kadokawaharuki.co.jp[編集]　ご意見・ご感想をお寄せください。